もりモリさまの森
北
西
東
南
まだら尾根
ヒミツの泉
もりモリ沢
もりモリ谷
黒岩
赤岩尾根
赤岩谷
赤岩沢
向う

もりモリさまの森

田島征三 作
さとうなおゆき 絵

理論社

この本にでてくる〝いきもの〟たち

人間たち

桂《かつら》 山《やま》太《た》郎《ろう》

ヤマタロさん。ちょっと変わったおじいちゃん。森ではグーキチドンとよばれている。

桂《かつら》 林《りん》太《た》郎《ろう》

ヤマタロさんの孫《まご》。元気な小学生。

桂《かつら》 マユミ

林太郎《りんたろう》のママ。のんきで、ちょっと食いしんぼう。

桂《かつら》 森《しん》太《た》郎《ろう》

林太郎《りんたろう》のパパ。ナラノキ市役所《しやくしょ》の清掃課《せいそうか》で働《はたら》いている。

木《き》野《の》 みずき

林太郎《りんたろう》のガールフレンド。自然《しぜん》や植物《しょくぶつ》にくわしい。

市長

運動神経《うんどうしんけい》バツグンでかっこよく、市民《しみん》に人気がある。

動物たち

ミワワさま

一番の年寄《としよ》りのアナグマ。ドングリのじゅずをつけて、きとうし（おがみやさん）のように見える。

グーキチドン

人情《にんじょう》あつい年寄《としよ》りダヌキ。桂山《かつらやま》太《た》郎《ろう》として、人間にまじってくらしてきた。

イッサム

グーキチドンの親友。用心深いタヌキ。声がひくいので聞きとりにくい。草であんだぼうしをかぶっている。

キクノさん

スマートで美《うつく》しいキツネ。ネズミが好物《こうぶつ》。

コンペイ

すばやくあらわれてリンタローをすくう。

ポンコとポコタ

ふたごの赤ちゃんタヌキ。

アメモリくん

やせっぽちのムササビ。葉っぱが大好物《だいこうぶつ》。木のぼりやジャンプは得意《とくい》だが、地面《じめん》を歩くのがにがて。

カメオさん

カオナおばさんのだんなさん。泣《な》き虫《むし》だが、力が強い。じょうぶな歯《は》が自慢《じまん》。

カオナおばさん

世話好《せわず》きなおかあさんタヌキ。ホオの葉っぱのエプロンをしている。

スカポン氏《し》

もの知りでおしゃべりなイタチの紳士《しんし》。森のみんなからは、あまりすかれていないみたい。

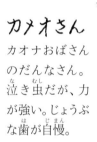

サキコさん

健康的《けんこうてき》なアナグマの少女。
料理《りょうり》が得意《とくい》。

ママ

アナグマのママ。スカーフを首にまいている。

テンキチ

ひとりぼっちのテンの少年。首に母のかたみのペンダントをぶらさげている。

ミズキちゃん

新入りのイタチの女の子。赤いリボンが目じるし。

リンタロー

新入りのテンの男の子。ぼうしをかぶっている。

タヌタ

やんちゃなあばれんぼうの少年タヌキ。小さいときのけがで、ひたいにまるいきずあとがある。

フウジ

足が速《はや》いキツネの少年。マテバシイの葉のバンダナをしている。

タヌコ

タヌタの妹。
少し太りぎみ。

チビタ

タヌタの弟。小さいがすばしっこい。

タノッペ

タヌタの後輩《こうはい》。タヌコのボーイフレンド。

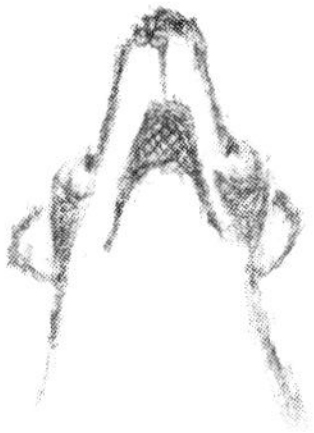

もくじ

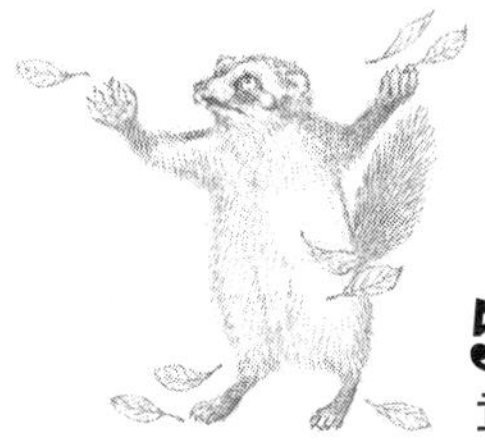

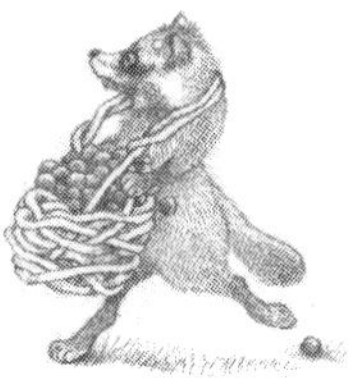

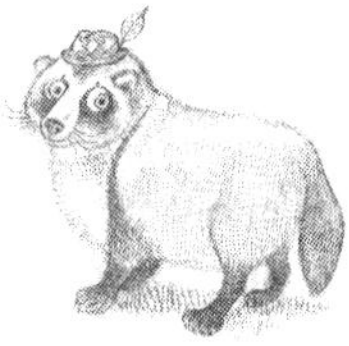

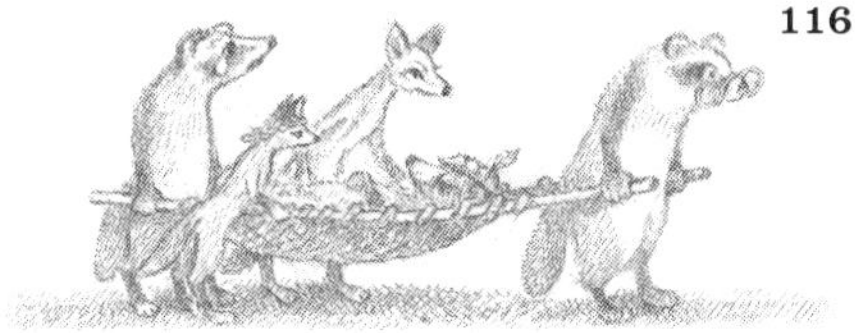

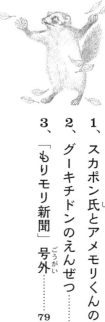

1章　森からの手紙

1、あなだらけの葉《は》っぱ

窓《まど》のむこうの空を、赤トンボが何十匹《なんじっぴき》も飛《と》んでいる。赤トンボたちは、すき勝手《かって》にあっちへ行ったりこっちへ来たり。

ここはマンションの五階《かい》。赤トンボとおなじ高さのところで、ぼくは暮《く》らしている。

「遠くに見える山から赤トンボはやってくるよ」と教えてくれたのは、友だちのミズキちゃんだ。

まっ青《さお》な空に赤いトンボ。その日の夕日は赤トンボの羽根《はね》の色より赤かった。

夕焼《ゆうや》け空《ぞら》がくらくなるころ、すこし開《ひら》いた窓《まど》のすきまから、緑色《みどりいろ》の葉《は》っぱが飛《と》びこんできた。

どこから飛《と》んできたんだろう？　葉《は》っぱには虫が食べたのか、いっぱいあながあいている。ぼくの後ろからヤマタロさんが、

「あっ手紙じゃ、わしにきた手紙じゃ」といって、大事《だいじ》そうに持《も》っていってしまった。

ヤマタロさんというのはぼくのおじいちゃん。食べられない木の実《み》を大量《たいりょう》にひろってきたり、散歩中《さんぽちゅう》のよその犬と長い間おしゃべりしていたり、公園に大きなあなを掘《ほ》っておまわりさんにしかられたり、とてもおもしろい人なんだ。

ヤマタロさんは、ベランダのイスにすわって、メガネをかけなおし、葉《は》っぱをながめている。文章《ぶんしょう》でも読んでいるようで、すこしわざとらしい。

そして、葉《は》っぱをにぎって立ちあがり、ぼくにむかって大声でさけんだ。

「林太郎《りんたろう》！　森へ行くぞ！」

森って、どこの森？　もう外はまっくらだよ。

「マユミさん！　キミもいっしょに行くといい。

出発《しゅっぱつ》は明朝《みょうちょう》！　さあ！　準備《じゅんび》をはじめたまえ」

マユミさんはぼくのママ。またヤマタロさんが
さわぎだしたという顔で、

「でも、あしたは木曜日ですよ」とのんびりといった。

「学校なんか休ませなさい。森の中でたいへんなことが起《お》こっているんだ」

ヤマタロさんは、「いよいよ、わしの出番《でばん》だ！」と、ほほを両手《りょうて》でパンパンとたたくと、自分のへやへ行ってしまった。

「たいへんなこと」って？　何だろう？

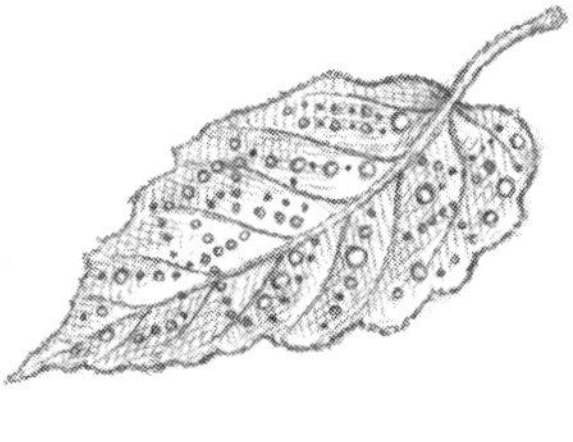

2、森の中でまっていたこと

ぼくたちは森にやってきた。

ぼくたちというのは、ヤマタロさん、ママ、ぼく、そしてミズキちゃんの四人だ。ミズキちゃんは、ぼくが学校を休んで森に行くと話したら、「ワタシも行く」といってついてきた。

ママは、「なんで日曜日にしてくれないの？　家族《かぞく》みんなでピクニックのほうが楽しいのに……。パパは今、仕事《しごと》がとってもいそがしくて休めないのよ」と、すこし不《ふ》

満《まん》そう。ぼくのパパは、市役所《しやくしょ》の清掃課《せいそうか》で働《はたら》いている。

電車でナラノキ町まで行き、駅前《えきまえ》からバスに乗《の》った。

ドングリ橋《ばし》でバスをおりて、ナラノキ川にそって山道を歩く。

ヤマタロさんはみんなの先頭に立ってどんどん登《のぼ》っていった。

三十分くらい登《のぼ》って峠《とうげ》につくと、道は尾《お》根《ね》づたいに右に大きくカーブしていた。でも、ヤマタロさんは道をそれてそのまままっすぐ峠《とうげ》をこえて下りはじめた。

どこが道でどこが道でないのか、ヤマタロさんにはわかるらしく、

「こっちだ、こっちだ」と、ときどき、ぼくたちの方をふり返《かえ》っては手まねきする。歩く速度《そくど》もどんどん速《はや》くなっていって、まるで森の中からひもがのびてきて、ヤマタロさんをぐいぐい引っぱっているようだ。

やっと立ち止まった。

ヤマタロさんの前に、このあたりで一番大きなナラの木があった。幹《みき》に穴《あな》があいている。

のんびり歩いてくるママを待《ま》って、ヤマタロさんはリュックサックをおろすと、

「さあみんな、わしのやる通りにするんだ」そういって、穴《あな》の中にしまった。

ぼくもリュックサックを穴《あな》におしこんだ。

ママとミズキちゃんも、それぞれ荷物《にもつ》を木の穴《あな》にしまった。

「さあみんな、これを飲《の》んで！」

ヤマタロさんが、穴《あな》の奥《おく》からクルミのカラのうつわを三つ取《と》り出《だ》して、ぼくたちにいった。

ママがまっさきに一番大きなのをつかんだ。ぼくは中くらいの、ミズキちゃんは一

番小さなのを手にして、三人とも中のものを飲《の》んだ。あまくて、ちょっぴりすっぱかった。

体が急《きゅう》にあったかくなり、頭がすこしボーッとしてきたけれど、ヤマタロさんは、「次《つぎ》へ行くぞ」と大声を出して林の中へどんどん進《すす》んでいく。

ヤマタロさんを追《お》っかけて歩きだした時、ぼくたちの後ろからザザアーッと風が通りぬけていった。風は

落《お》ち葉《ば》を高くまき上げ、今まで静《しず》かだった森の木々《きぎ》を「ザザザ」とゆすった。

するると、森全体《ぜんたい》、山全体《ぜんたい》がゆれたんだ。

そして、森の木という木の、葉《は》っぱが全部裏《ぜんぶうら》がえったように思えた。落《お》ち葉《ば》の中にころがっている、今まで見えなかった木の実《み》やキノコや小さな虫たちが、はっきりと見える。

「なんだかヘン！」

ママが小声でつぶやいた。ぼくは思わずママの顔を見ておどろいた。ヘンなのはママの顔だよ、口のまわりがちょっと飛《と》び出《だ》してきたみたい。

むこうの木の下で、ヤマタロさんが上着《うわぎ》とシャツをぬいでいた。はだかの背中《せなか》に、もやもやっとケモノのように毛がはえていた。木《こ》もれ日《び》があたって、金色に光っている。

近づいていくと、こんどは大きなモミの木の幹《みき》に葉《は》っぱがくっついている。

ヤマタロさんは、まじめな顔で葉《は》っぱを手に持《も》って読み上げた。

「うわぎやシャツは、このえだにかけてくれい」

ぼくも大いそぎで、黄色いヤッケとシャツをぬいで頭の上の枝《えだ》にかけた。体が熱《あつ》くなって、着《き》ているものを早くぬいでしまいたかった。

ミズキちゃんの背中《せなか》にも胸《むね》にも、金色の毛がはえそろって、口元もとんがっている。

体が熱《あつ》いはずだよ。ぼくの全身《ぜんしん》にもびっしり、うちの犬のムックのように毛がはえていた。ママも美《うつく》しい毛でつつまれている。

山柿《やまがき》の木の根元《ねもと》にサルノコシカケという、固《かた》いおぼんのようなキノコがくっついていて、その上にのっかった葉《は》っぱには、「くつをのっけくれさい」と書いてあった。

びっくりした。ぼくは葉《は》っぱの文字《もじ》が読めたんだ。

ヤマタロさんは、くつもくつ下もキノコの上に乗《の》せて、すこしむこうにある大きなヤマザクラの根元《ねもと》でズボンをぬいでいるんだ。

ぼくたちも大いそぎで、くつとくつ下をぬいだ。足のうらにはムックよりもりっぱな肉球《にくきゅう》ができて、もうくつなんか必要《ひつよう》ない。両手《りょうて》にも、やはり肉球《にくきゅう》ができていた。

ヤマザクラの幹《みき》にも、大きな穴《あな》があいていた。

「ズポンもポンツもぜんプぬいで、このなかさしまってくれい」

とうとうきたか！

ぼくはドキドキしていた。

体全体《ぜんたい》が黄色の毛の、ぼくは一匹《いっぴき》のケモノになっていた。

きっと、あのあまずっぱいミツのせいだ。

このまま人間にはもどれないかもしれないと心配《しんぱい》になったけれど、もう後《あと》もどりはできない気持《きも》ちになっていた。

ヤマタロさんはタヌキになって、みんなが服《ふく》をぬぎ終《お》わるのを待《ま》っていた。

ミズキちゃんはちっちゃなイタチ、頭に赤いリボンがついたままだ。

ママは大きなアナグマ。かぶっていたスカーフをかっこよく首にまいている。

そしてぼくは……ぼくはミズキちゃんよりすこし大きいケモノになっていた。

「ぼく、何になったの？」

ミズキちゃんが「テン」だと教えてくれた。

「テン」なんて、へんな名前。

2章　カツラの木

1、イッサムのおでむかえ

「ようおいでじゃのう」

ひくい声が聞こえて、大きなタヌキが林の奥《おく》から歩いてきた。

「おうおう、イッサム、無事《ぶじ》じゃったか」

ヤマタロさんも、大きなタヌキの方へ歩みよった。

二匹《ひき》のタヌキは体をこすり合わせたり、顔と顔を近づけたりしている。

「みなさんもおつかれじゃったのう」

イッサムとよばれたタヌキが、ぼくにも顔を近づけてきた。すこしあせったけど、じっとしていたら、タヌキは話しはじめた。

「わしはこの森にすんでおるタヌキでありまする。森のなかまを代表《だいひょう》してグーキチドンをオムカエにござった」

といってから、クルリとおしりをむけ、やってきた方に歩きはじめた。

そのしっぽが、「わしについてきなされ」といっている。

ヤマタロさんはこの森にイッサムのような友だちがいて、「グーキチドン」とよばれているんだな。

すこし行くと、立派《りっぱ》なカツラの木があった。根元《ねもと》に穴《あな》があいている。

イッサムはまっくらな穴《あな》の中にスーッと消《き》え、ヤマタロさんもひょいと入ってしまった。

「ちょっと待《ま》ってよ」といおうとした時、穴《あな》の中でヤマタロさんのしっぽがゆらりと動《うご》くのが見えた。

「だいじょうぶだ。ついておいで」と、しっぽがいっている。

ぼくは思いきって、穴《あな》の中へ体をおしこんだ。

目の前のヤマタロさんのしっぽが、「オーライ、オーライ」と合図を送《おく》っていた。

あとになってわかったのだけど、ケモノになったぼくの目は、まっくらでも見えるんだ。

トンネルをぬけると、小さなへやになっていて、キツネが一匹《ぴき》すわっていた。

「彼女《かのじょ》はキクノさんというだよ。ワシはちょっと用事《ようじ》があるだで。またあとでな」

イッサムはそういって、反対側《はんたいがわ》の出入り口から出ていってしまった。

キツネはすっと立ちあがり、つぎのへやに入っていった。

そこには年をとったアナグマがすわって

いた。

キクノさんが「この森で一番お年寄《としよ》りのミワワさまじゃャケン」と教えてくれた。

「グーキチドンとおつれのみなさんがた、ようきたのう」

ミワワさまは、そうあいさつしてから静《しず》かに話しはじめた。

「ワテのバアサマのそのまたバアサマ、うんとうんと昔《むかし》から、この森は〈もりモリさまの森〉というて、ワテらのだいじな森じゃった。それがこのごろ困《こま》ったことになってきたがじゃ」

ミワワさまは頭の毛も白いし、マユなどの毛も白く長い。

キクノさんが「森が大けがをしたところをみてもらわんといケン」といって、ぼくたちをとなりのへやへ案内《あんない》してくれた。

2、たくさんのケモノたち

となりのへやには、キツネ、タヌキ、アナグマ、テン、ムササビ、イタチ、などが何十匹《ぴき》もぎょうぎよくすわっていた。

へやにいたみんなとキクノさんの後についていて歩いていくと、ろうかが、ぐるぐるぐるぐるまわりながらのぼっていた。

ぼくは肉球《にくきゅう》とツメをつかって前に進《すす》む。するとハナは床《ゆか》すれすれにくっつきそうになるんだ。カツラの木の香《かお》りがぼくの体いっぱいにひろがる。

いろんなケモノのにおいがする。ぼくには、どのにおいがどのケモノのものかわかる。

タヌキのにおいが近づいてきた。ふくよかなタヌキが、

「あたしのことをカオナおばさんとよんでおくれ」

といった。ぼくはすこし心づよくなって、カオナおばさんのしっぽについて行った。

ヤマタロさんはミワワさまと熱心《ねっしん》に話しながら、ずっと先の方を歩いている。

アナグマのママも、ぼくの後ろをついてくる。ミズキちゃんの赤いリボンがママの大きな体の後ろでチラチラしている。

急《きゅう》に目の前が明るくなった。

そこには大きな窓《まど》が開《ひら》いていた。

ぼくたちのいる場所《ばしょ》はとても高いところだった。

「あそこに柿《かき》の木があるやん」

「まっかでうまそうじゃ」

「食べてえですけ」

「あすにでも、ゆくずら」

タヌキの少年たちがヒソヒソ話している。

彼《かれ》らが指《ゆび》さす方向《ほうこう》に大きな山柿《やまがき》が見えた。赤や黄色に色づいた葉《は》の間に、まっかな柿《かき》の実《み》がいっぱい見える。

「オレ、タヌタっていうだよ」

ぼくに気づいた一匹《ぴき》が、話しかけてきた。

「いっしょにとりにゆくべし」

タヌタはぶっきらぼうにいったが、友だちになろうよ、という気持《きも》ちがいっぱい伝《つた》わってきた。

いっしょに行ったらたのしいぞ、とぼくは思った。

ヤマタロさんは、ミワワさまやカオナおばさんやムササビの若者《わかもの》とならんで、森をながめていた。

びっくりするほど、こわい顔をしている。とても柿《かき》のことなど話せそうにない。

カオナおばさんがいった。

「ここがあたしらの森ですけ。〝もりモリさま〟という神《かみ》さまが守《まも》ってくれちょるだよ。だんが、むこうをごらんなっせえ。森が大ケガばしちょるですけ」

おばさんがいう森の大ケガというところは、木も草もなく、赤い土が見えていた。

ムササビの若者《わかもの》が大きな目をまん丸にし、あと足で立った。

そして小さな前足をひろげて、大声でいった。

「とがった歯《は》がようけはえた、ごっついバケモンがやってきよってな、おっけな木もこんまい木もギャーギャーいいながら、どんどんかじりたおしまンねん」

それから、前足をいそがしく動《うご》かしながら、

「木をかじりたおすバケモンのあとからナ、大きな口のカイジューがきよってん。そのカイジューはゴリゴリゴリ、ガリガリガリゆうて、岩も土も食いちらかしよりまん

ねん」と、キンキンひびく高い声でさけんだ。
バケモンやカイジューって何者《なにもの》なんだろう？
ヤマタロさんはがっくり肩《かた》を落《お》としている。

3章　カンゲイ・パーティー

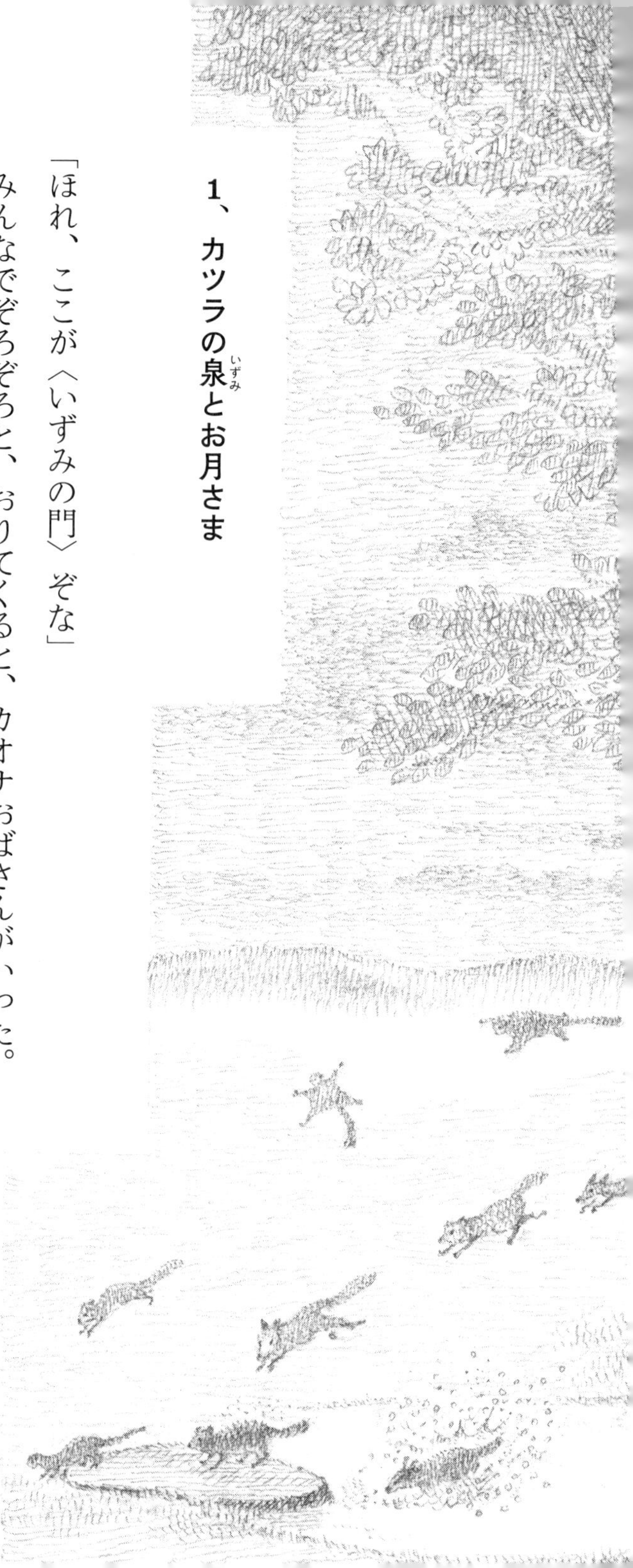

1、カツラの泉《いずみ》とお月さま

「ほれ、ここが〈いずみの門〉ぞな」

みんなでぞろぞろと、おりてくると、カオナおばさんがいった。

さっきイッサムが出ていったところだ。すぐ下に大きな泉《いずみ》がジャバジャバとわいている。

「みなさん、おなかへったじゃろ。そろそろグーキチドンカンゲイパーティーがはじまるっちょね。ここから下にとびおりるぞな」

そういってから、カオナおばさんは丸まるした体ににあわず、しなやかにスイーと飛《と》んだ。

外は、だいぶん暗《くら》くなっている。

ケモノたちは次《つぎ》つぎに飛《と》びだしてゆく。泉《いずみ》のむこうに平《ひら》たい大きな岩があって、そこに飛《と》んでゆくのだった。

「ジャブーン！」

大きな音がして、はでに水しぶきが上がった。アナグマのおばさんが一匹《ぴき》、泉《いずみ》に飛《と》びこんだのだ。

キツネやテンやイタチは泉《いずみ》をこえて、平《ひら》たい岩の上にカッコよく着地《ちゃくち》するけれど、タヌキはボトンと岩の上で尻《しり》もちをつく。

アナグマは、水の中へドボンと落《お》ち、チャポチャポ泳《およ》ぐ。

ムササビはスイスイーと泉《いずみ》の上を飛《と》びこえて、平《ひら》たい岩のむこうにひろがっている草地に着陸《ちゃくりく》するのだった。

イタチになったミズキちゃんがカッコよく飛《と》んだ。

ぼくも飛《と》ぶぞ！

前足で床《ゆか》を後ろに押《お》し、あと足で床《ゆか》をけると、ぼくの体は空中にうかんだ。前足とあと足をそろえ、しっぽをギュッとのばし、風を切る。そして、岩の上に着地《ちゃくち》する。

ママは泉《いずみ》のまん中あたりに落《お》っこちてジャブジャブ泳《およ》ぐと、岩の上にはいあがって、ブルンと体をふるわせた。

そのやり方はまるで、ずっと昔《むかし》からアナグマだったみたいで、水しぶきがぼくにもかかったけれど、それも気にならないほど見事《みごと》なアナグマぶりだった。

「リンくん、この泉《いずみ》の水ってあまいよ。ちょっと飲《の》んでごらん」

ママが教えてくれた。

平《ひら》たい岩の上では、何匹《なんびき》ものケモノが、水の面《おもて》に顔をうつしながら、ペチャペチャ、ゴックン、と水を飲《の》んでいる。

水にうつったのはケモノの顔。ぼくはテンの自分に「コンニチハ」といってみた。

泉《いずみ》の水は冷《つめ》たくてすこしあまくて、カツラの木《き》の香《かお》りがした。

水の上に、まん丸いお月さまがうかんでいる。

人間の子どもだったときは気づかなかったけど、お月さまが地上のみんなを美《うつく》しくしてくれているんだ。

ぼくは自分で気づかないうちに前足とあと足をふんばり、しっぽをあげて、「ウオーン」とほえていた。「りっぱだ、お月さま!」といいたかったんだ。

ミズキちゃんやママたちに見られなかったかな。ちょっとてれくさい。

2、森のごちそうリバー・フード

「さぁ、さぁ、こちゃらがグーキチドンカンゲイパーティー会場ですけ」

カオナおばさんに案内《あんない》されたのは、大きなシイの木の下だった。

ケモノたちがおおぜい集《あつ》まっている。

みんなの前には、大きなホオの葉《は》が一枚《まい》ずつひろげて置《お》いてあって、若《わか》いアナグマたちが、その上にテキパキと食べものを配《くば》っていた。

そのとき、ミズキちゃんがうたうようにいった。

「まあ、ステキ、ステキ。キツネのダンスが始《はじ》まったわ」

ヤブツバキの葉《は》が夜露《よつゆ》でピカピカ光るむこうに、白い野菊《のぎく》が一面《いちめん》に咲《さ》いている。

そこで、キツネが一匹《ぴき》おどっていた。キクノさんだ。

キクノさんは花の中にかくれていて、とつぜん、体を舞《ま》いあがらせたと思うと、空

中でヒラリ、と方向《ほうこう》を変《か》えて、まるでオリンピックの高飛《たかと》びこみの選手《せんしゅ》のように頭から野菊《のぎく》の中に消《き》えた。

「ステキ！　ステキ！　私《わたし》たちをかんげいするダンスなのね」

ミズキちゃんがキクノさんに拍手《はくしゅ》を送《おく》った。

「こりゃマタしくじった、見られてしもたケン」

キクノさんは野菊《のぎく》の中から飛《と》びだして、大きな岩のかげへかくれてしまった。

そのとき、ぼくは見てしまった。ネズミを一匹《ぴき》口にくわえていたのを。

ママはシイの木の下にすわって、ムシャムシャ料理《りょうり》を食べていた。ホオの葉《は》っぱに直接《ちょくせつ》口をつけてまるで犬のムックのようだ。毛なみのいいアナグマがおいしそうに食《しょく》事《じ》をしているすがたは、バッチリさまになっている。

ぼくの葉《は》っぱにも、ママとおなじ食べものがのせられていた。

白いつぶつぶはごはんかな、と思ったけれど、皮《かわ》をむいたシイの実《み》だった。その上にトロリと汁《しる》がかけてある。

「おいしーい？」

ぼくは、もう半分以上《いじょう》食べてしまっているママにたずねてみた。

「おいしいおいしい。リンくんもはやく食べて、おかわりしなきゃ損《そん》よ」

ママは口いっぱいほおばったままいった。

ミズキちゃんも、ササの葉《は》でくるんだおすしのようなものを、前足で上手にもって食べている。

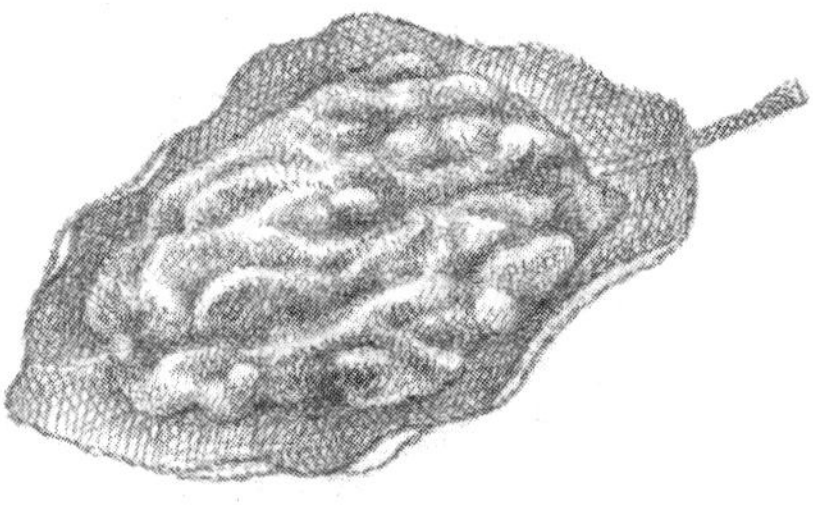

ケモノによって、配《くば》られるものがちがうようだ。

「どないかね。おみゃさんたちのお口におうとるかナモ？」

頭の上からとつぜん声が降《ふ》ってきた。

ぼくは口に食べものをつめこんだまま、目だけ動《うご》かして声のするほうを見あげた。

イタチがあと足で立って、前足を背中《せなか》にまわして組み、ぼくたちを見おろしていた。

「おみゃさんたちが食べとりゃすのは、何がはいっとるか知っとりゃぁすか？」

イタチは返事《へんじ》も聞かないまま、

「ま、いわしてもらやぁ、リバー・フードのカレーだがね」

「リバー・フード？」

ママがたずねた。
「そうや。リバー・フードちゅうもんは、川魚やサワガニだがや。わしがきのうのばんげ、この川下で、ようけとったもんだがや」
いわれてみると、確《たし》かに魚の味《あじ》がする。

いろんなスパイスが使《つか》ってあって、とってもおいしい。

「そんで、おみゃーさんのは……」

と、イタチはミズキちゃんの前にある葉《は》っぱの上を指《ゆび》さした。

「これは、イワナとヤブランの花とシダの新芽《しんめ》をドングリの粉《こな》でまぶして、ヤブツバキの油《あぶら》につけこんだもんだで。わしがゆうてわりぃけんど、ちょっとばか、油《あぶら》がきついで味《あじ》がワヤクチャだがや」

そこまでいうと、イタチは、どこかへ行ってしまった。

ミズキちゃんが、

「なによ、あのおじさん。とってもおいしいのに」

「そうですよう」

カオナおばさんがやってきた。

「彼女《かのじょ》が今夜の料理長《りょうりちょう》、アナグマのサキコさん！」

カオナおばさんは、アナグマの少女を紹介《しょうかい》した。

ぼくたち三匹《びき》はおもわず拍手《はくしゅ》をしてしまった。

サキコさんはぴょこんとおじぎして、

「森にあるもんが、ぜーんぶごちそうじゃぁきに！」といって、

「この子がアタシの助手《じょしゅ》、テンキチくんぜよ」

サキコさんが自分のふくよかな体の後ろから、スマートなケモノを引っぱり出した。

テンキチはぼくとおんなじテン、年もおなじくらいだ。

「きみの食べている川魚のカレーはオラがつくったとです。うまかですと？」

ぼくは口の中がいっぱいで返事《へんじ》ができず、夢中《むちゅう》で頭をたてにガクガクふった。

3、ウサギとキツネ

そのとき、森の中が急《きゅう》に静《しず》まりかえった。

泉《いずみ》の方を見ると、平《ひら》たい岩の上にミワワさまが立っていた。

いつのまにか岩のまわり、泉《いずみ》のほとり、シイの木の下、ヤブツバキのむこうまで、ケモノたちでいっぱいになっていた。この森には、こんなにたくさんのケモノたちが住《す》んでいるんだ。

ケモノたちはみんなシッポもミミもヒゲもぴんとさせ、ミワワさまを見ている。

「森のみんなを代表《だいひょう》してごあいさついたしますけに。グーキチドン、よう帰ってきてくださったのう。今夜はグーキチドンをかんげいし、みんなぁでこの森を守《まも》る夕べにしようぞのう」

ミワワさまの声は深《ふか》い水の中から聞こえてくるようだ。

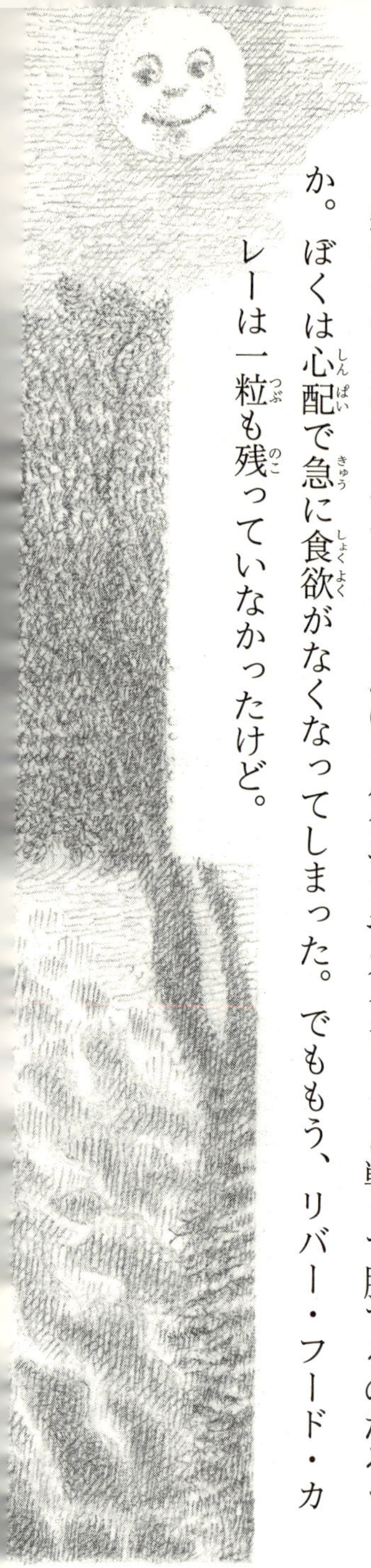

〝グーキチドン〟になったヤマタロさんが岩の上にすっくと立って、

「みなのしゅう、ひさかたぶりじゃのう。このたびはおまねきの手紙をありがとう。〈もりモリさまの森〉が何やらおおごとになっておるが心配《しんぱい》することはない。みんなの力を合わせて戦《たたか》おうではないか！」

ちょっと舞《ま》いあがった感《かん》じで、いせいよくさけんだ。

シイの木の葉《は》っぱがふるえるような大きな拍手《はくしゅ》がおこった。

ミワワさまがいった。

「では、あしたは、グーキチドンに、どうやって森を守《まも》ればよいか、話してもらうぜよ」

　森のケモノたちとヤマタロさんは、バケモンやカイジューと戦《たたか》って勝《か》てるのだろうか。ぼくは心配《しんぱい》で急《きゅう》に食欲《しょくよく》がなくなってしまった。でももう、リバー・フード・カレーは一粒《つぶ》も残《のこ》っていなかったけど。

近くのクマザサがカサカサゆれた。

「コンバンワァ！　アテらもグーキチドンかんげいのためにこさせてもろたでおす」

ササの中から、茶色いウサギがさけびながら顔を出した。するとそのあとから、何《なん》匹《びき》ものウサギとリスが、ぞろぞろはい出してきたのだ。

ウサギたちは、草であんだかごの中に木の実《み》をどっさり入れてかついでいた。

「アリガトサン！　こんなにたくさんのクルミやドングリ、それにカヤの実《み》も！　いいのかい？　あんたら食べものはだいじょうぶ？」

カオナおばさんがかけよってきた。

「アテらもな、アンサンがたとおんなじ気持《きも》ちでおす」

小さなリスが、自分の何十倍《ばい》もある大きなカオナおばさんにむかってさけんだ。

「そうやねん、そうやねん。ウサギやリスもいっしょに戦《たたか》わんとな。ワテはずっと、そういうてるんやけど、キツネやイタチたちは、きみたちを食べものとしか考えとらんのやさかい」

やせっぽちのムササビがやってきて、ウサギとリスたちに一匹《ぴき》ずつていねいに握手《あくしゅ》した。さっき、カイジューの話をしていたムササビだ。ムササビは空を飛《と》んでいる時はかっこよいのに、地面《じめん》を歩くすがたは、よごれたゾウキンみたい。

よくふとったウサギが身《み》をのり出して、

「アテらかてガンバリますよって!」

とさけんだ。

キツネのキクノさんが、ウサギのすぐ横《よこ》に立った。

「おっしゃるとおりじゃケン!なかようやるケンのう」

といってから、キクノさんはウサギのまるいおしりを前足でちょっとなでて、

「ケンど、おいしそうなおしりしちょるケン」

と、ピンク色の長い舌《した》で口のまわりをなめた。

ウサギとリスたちは八十五センチほどとび上がり、一匹《ぴき》残《のこ》らずいなくなってしまった。

「ありゃ、また失言《しつげん》しちゃったケン」

キクノさんは、もういちど長い舌《した》をペロリと出した。

「失言《しつげん》ではすまされへん。彼《かれ》らもホンマに協力《きょうりょく》したがってるんやで!」

ムササビが、キクノさんに抗議《こうぎ》した。

4、タヌタとフウジたちのろんそう

「ハイハイ、そのとおりだで。ムササビのアメモリくん！」

さっき料理《りょうり》の説明《せつめい》をしていたイタチだ。

「だがよう｜、ウサギやリスやネズミは、わしらのタンパク源《げん》だもんで……」

みんなが集《あつ》まってきた。

「オレ、フウジいうんじゃ」

キツネの少年が、ミズキちゃんとぼくにペコリと頭を下げた。

「アメモリくんの意見《いけん》にオレは反対《はんたい》じゃケン、オレたちキツネがウサギやネズミを食べんなったら、

この森はウサギやネズミだらけじゃケンね」

「わかんねえな。なんでそうなるだ、キツネを食べるやつはいないけんどキツネだらけになんねえやん」

柿《かき》をとりに行こうとさそってくれたタヌタだ。

「ウサギとネズミは子どもを産《う》むんがオレたちの何倍《ばい》も早《はよ》うて、一回に生まれる数もハンパじゃないケン」

タヌタはなるほどなという顔になって聞いていたけれど、ちょっとくやしそうに、

「どんどん増《ふ》えるヤツは食ってええのでげすか？　多くても少なくても命《いのち》だんが」

「ホジャケン、ウサギやネズミが増《ふ》えすぎると、森の食べものを食べつくすケンね。森を内がわからこわすことになるんじゃケン」

フウジがいっしょうけんめいみんなに説明《せつめい》した。

「だんが、今は外からカイジューたちにメチャメチャにこわされとるだで。いっしょに戦《たたか》うだわ」

タヌタも負《ま》けていない。

カオナおばさんが、

「この森はみぃんなの森、みんなこの森がすきさぁ」と、大声でいった。

カオナおばさんの足もとに、二匹《ひき》の赤ちゃんダヌキがじゃれついてきた。

「あたしのかわいいぼうやたち！　あんたたちにも大切な森なんじゃものなぁ」

おばさんは二匹《ひき》にやさしくほおずりした。

ミズキちゃんもぼくも、思わず赤ちゃんたちにかけよった。

「ねえ、おなまえは？」

ミズキちゃんが赤ちゃんを抱《だ》きかかえながら、おばさんを見あげてたずねた。

「ポンコとポコタよ」

タヌキの赤ちゃんのほうが、イタチのミズキちゃんよりずっと大きい。

ポンコとポコタはミズキちゃんの手をすりぬけて、じゃれながらヤブツバキの下をぬけ、野菊《のぎく》の原っぱに行ってしまった。

森の中がすこしずつ、明るくなってきたようだ。そろそろ、夜が明ける。

4

章

柿《かき》の木のお祭《まつ》り

1、バケモンの正体

気がつくと、やわらかな草の上でねむっていた。

ブオーンという大きな音が、遠くからひびいてくる。

ぼくはびっくりして、とびおきた。赤や黄色の落《お》ち葉《ば》がいっぱい飛《と》んできて、ぼくのまわりは色の洪水《こうずい》。なんだろう？

「まあ。きれい！　きれい！　きれい！」

ママが落《お》ち葉《ば》の舞《ま》う中で、あと足で立ってフラフラおどっている。

とつぜん、ぼくの体に危険《きけん》を知らせる音が侵入《しんにゅう》してきた。それは、耳からではなく、ぼくの口のまわりにはえているひげや目の上の毛から伝《つた》わってくる。

「アリャ、大変《たいへん》！」

カオナおばさんが、音のする方へ走っていった。

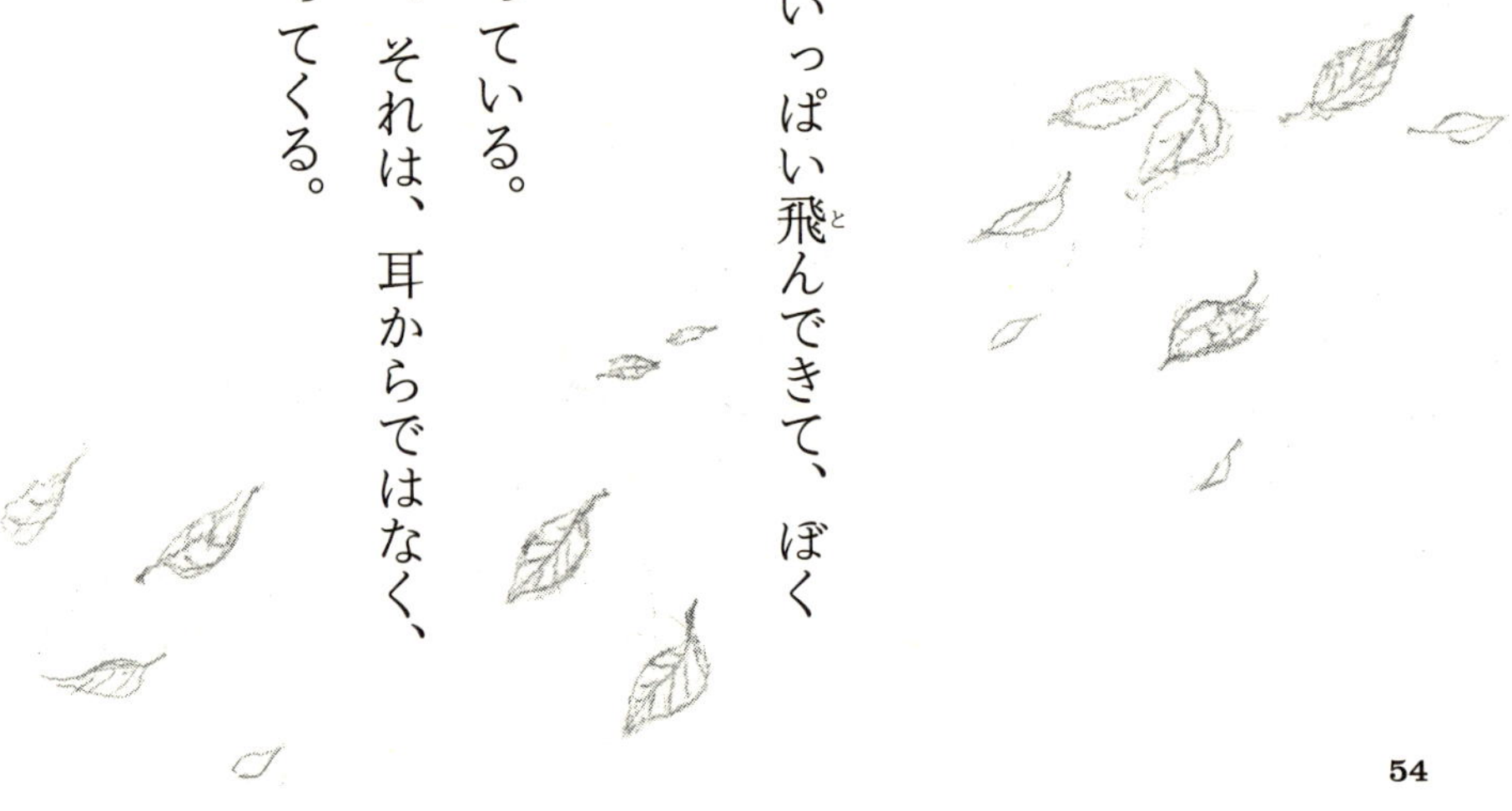

ミズキちゃんもぼくも走った。

五百メートルほど行ったところに、きのう上から見た大きな柿《かき》の木が立っていて、ブルブルふるえながら、赤や黄色の葉《は》を朝の光の中にばらまいていた。まるでその木の最期《さいご》を、自分でお祭《まつ》りにしているみたいに。

そして、だまって地面《じめん》にたおれてゆくのだった。

そこでは人間たちがチェーンソーを使《つか》って働《はたら》いていた。

その後ろから大きなショベルカーが、木の根《ね》と土と岩をえぐりとっていた。

そのむこうでブルドーザーが何台も地面《じめん》をはっていた。

——そうだったんだ。「バケモンやカイジュー」の正体がわかった。

パワーショベルが、ひょろりとした細い木やひくい木を、ハサミでねじり切ったり、根《ね》ごと引きぬいたりしている。

木は一本一本、何年も何十年もかかって育《そだ》ってきたのに。こんなにかんたんにグチャグチャにされ、引きさかれて、投《な》げすてられてゆくなんて。

そのとき、ぼくたちの後ろから、赤や黄やだいだい色の葉《は》っぱがいっぱい飛《と》んできた。

さっきは前の方から飛《と》んできたのに、葉《は》っぱがまた、かえってきたのか？

「落《お》ち葉《ば》とちがうわ」

ミズキちゃんがいった。本当だ。ものすごい数の小鳥だ。作業員《さぎょういん》の上を飛《と》びまわって、「ヤメテ！　ヤメテ！」と鳴いているのだった。

でも作業員《さぎょういん》たちは、おかまいなしに作業《さぎょう》を続《つづ》けている。

いったい人間はこの森で何をするつもりなんだろう。

赤土の工事現場《こうじげんば》と緑《みどり》の森のさかい目あたりで、ギャンギャン、ウォンウォンとさわがしくほえているケモノがいた。

タヌタたちだ。

「オラたちの柿《かき》の木を切ったげな！」

「この木は、オラたちの宝物《たからもの》だすけ！」

「もりモリさまのばちがあたるぞな！」

口ぐちにほえ、牙《きば》をむいている。

作業員《さぎょういん》たちもタヌキ少年たちにやっと気づいて、

「おや、こいつら、やる気だぜ」

とチェーンソーを少年たちに向《む》けて身《み》がまえた。

そのとき、

「お待《ま》ち！」

カオナおばさんが少年たちの前にとびだし、前足を大きく振《ふ》りまわした。

「キャン！」

一匹《ぴき》のタヌキ少年がやぶの中へふっ飛《と》ばされた。

カオナおばさんは前足を振《ふ》りまわし

つづけて、少年たちをつぎつぎに後ろのやぶにほおりこんでしまった。

「なんだ、なんだ。こんどはうまそうに太ったやつが出てきたぞ。」

作業員《さぎょういん》の持《も》ったチェーンソーが、カオナおばさんの方にふり下ろされた。

タヌキの毛が空中に舞《ま》いあがり、風で飛《と》びちった。

「キャー！」

ミズキちゃんが悲鳴《ひめい》をあげた。

カオナおばさんは初《はじ》めて、ぼくたちの方をふり向《む》いた。

カオナおばさんの頭の毛が、まん中だけきれいにかりとられて「逆《ぎゃく》モヒカン」になっている。

「逃《に》げなっせ！　あんたたちも！」

カオナおばさんは、ぼくたちにしっぽで信号《しんごう》をおくりながら、チェーンソーの下をくぐりぬけ、作業員《さぎょういん》の足にかみついた。作業員《さぎょういん》は足をかかえてしゃがみこんでしまった。

カオナおばさんは、タヌキ少年たちとぼくらがいるやぶの中にやってきて、

「みんな、ケガはないかの？　さっきは手あらなことをしちゃってゴメンな」

といいながら、泣《な》きべそをかいているタヌタたちの血《ち》のにじんでいるところを、ペロペロなめてやったりしていた。

ところがそのとき、もうひとり背《せ》の高い人間があらわれた。

ぼくはその男をどこかで見たことがあるぞ、と思った。

「おいおい、おまえたち、さぼってないで仕事《しごと》しろよ」

と作業員《さぎょういん》たちをしかっているけれど、なんとなく楽しそうだ。

「どうだい、こいつら、かわいいだろう」

男は、作業員《さぎょういん》たちの前で、おなかにかかえていたウインドブレーカーをひろげた。

その中には、二匹《ひき》の赤ちゃんダヌキがいた。

ポンコとポコタだ！

ぼくたちの近くで風が起《お》こった。

カオナおばさんは茶色の風になってやぶを飛《と》びだし、赤ちゃんダヌキをかかえた男にぶつかっていった。

男はヒラリ、と身《み》をかわした。茶色い風は、男の後ろでボーっと立っていた作業員《さぎょういん》にぶつかった。

作業員《さぎょういん》は持《も》っていたチェーンソーをその場に放《ほう》り出《だ》して、斜面《しゃめん》をころげおちていった。

風はUターンして、ふたたび男にむかっていった。

男はまたもヒラリ、とかわした。まるでラグビーの選《せん》手《しゅ》のようにすばやい身《み》のこなしだ。

男はカオナさんをよけながらとなりに立っていた作《さ》業員《ぎょういん》に、ポンコとポコタを投《な》げわたした。

その動作《どうさ》はやはり、ラグビー選手《せんしゅ》がボールをパスするように手ぎわがよかった。

男は、茶色の風がもう一度《いちど》自分にむかってくる前に、地面《じめん》に落《お》ちていたチェーンソーをひろった。

ひろうと同時にスイッチが入り、つぎの瞬間《しゅんかん》カオナおばさんが血《ち》だらけになって地《じ》面《めん》に転《ころ》がっていた。


ぼくは体を丸めた。頭をおなかにくっつけ、しっぽもあと足のあいだにしまいこんだ。そして、前足で自分の頭としっぽを抱《だ》きかかえた。こうすれば、今起《お》こったおそろしいできごとから別《べつ》の世界《せかい》へ行ってしまえる。

――ぼくはこの森に転《ころ》がっている石ころだ。石ころだからなにも見えない、なにも感《かん》じない。木が切られようと、生きものたちが殺《ころ》されようと。

ぼくは小さな石ころ。

2、イッサム「森のおとぎばなし」

「オラたちのせいで、カオナおばさんは殺《ころ》されたですけ！」

タヌタがさけんでいる。

「ウワーン、人間がむごいことしなすったぁ」

一番年下のチビタは大声で泣《な》いている。

ぼくたちはカツラの木の巣《す》穴《あな》にもどった。

入り口に、キクノさんがいた。

「すぐイッサムのところへゆこう」

そういうなり、キクノさんは走りだした。

ぼくたちは、大きな窓《まど》のあるへやへ行った。

窓《まど》から見ると、柿《かき》の木のこちらまで、森の木が切りたおされていた。

きのう森の木々《きぎ》にかくれていた川が、きょうは赤はだかの地べたをはずかしそうに流《なが》れている。

イッサムは、だまってぼくらの話を聞いていた。そしてひくい声で話しはじめた。

「わしらタヌキは昔《むかし》から人間のすんぐ近くでおったんじゃ。そのころは、やつらのやることたぁ、大体わかっとっただわ。森の木を切りはじめる前には、あの木はどうの、この木があぁの、とかゆうてな、さわぐだよ。わしらは人間どもが木と岩をまちがえてオノのはがかけてしもうて木を切ることもでけんようにしただんが」

ぼくはイライラしていた。『タヌキにばかされたおとぎばなし』を聞いている場合ではない。

「わしらも人間をばかにしていたわけではねえでげす。ただ、あんなカイジューやバケモンをつれてやってくるとは思わんかったし、こげにおそろしい速《はや》さで森をこわされるとは考えとらんかったげな」

のんびりしているときではない。カオナおばさんが殺《ころ》され、ポンコとポコタが連《つ》れさられ、森がえぐりとられているのに……。

「この森では、ゆっくり時間が過《す》ぎていくだ。それは、キノコがグイーッとのびる時間、青いアケビの実《み》がふくらんで紫色《むらさきいろ》になってパックリわれる時の流《なが》れ。それがどうじゃ、カイジューどものスピードは。これにはまいったもんじゃよ。じゃがな、ゆっくりつくったものは強いのよ。速《はや》いこたぁ弱《よ》ええぞ……」

もう、だれもイッサムの話を聞いていなかった。

ミワワさまとグーキチドンは人間の工事現場《こうじげんば》を偵察《ていさつ》に行っているそうだ。

「ワタシがよんでくるケン」

キクノさんがそういったとき、もう風になって走り去《さ》っていた。

「……だんが、森をこわす者《もの》は、やんがて、森のおそろしさがわかるですけ。……」

イッサムがモソモソと話しつづけている間にも、森のケモノたちがカツラの巣穴《すあな》に集《あつ》まってきた。

「〈もりモリさまの森〉が大変《たいへん》だあ！」

「オレたちの食いもんがのうなるよう！」

「あたしの家がこわされたじゃ！」

「もう、おしまいだぁ……」

みんなのさけぶ声が巣穴《すあな》の中にひびきあって、

「ウワァーン」

「ウオォーン」

という、おそろしい音に変《か》わっていった。まるで森が苦《くる》しいさけび声をあげているようだ。

いつのまに帰ってきたのかキクノさんのリンとした声が、巣穴《すあな》の中にひびきわたった。

「ミワワさまの話がありますケーン！　集《あつ》まっちょってくだされーい」

そのときヤマタロさんがミワワさまと、むこうの方から走ってくるのが見えた。

「ヤマタロさん！」

ぼくはヤマタロさんに、夢中《むちゅう》でしがみついた。がまんしていたけれど、ぼくの声はひとりでに泣《な》き声《ごえ》になっていた。

「ぼく、ひどいことを見たんだよ！」

「あとで聞かせてくれ」

ヤマタロさんは短《みじか》くこたえただけだった。

5章 森の会議《かいぎ》、フンキュウする

1、スカポン氏《し》とアメモリくんの報告《ほうこく》

ケモノたちが大きなへやに集《あつ》まっていた。

長いテーブルのむこうのまん中にミワワさま。

テーブルの角をまがったところにイッサムがすわり、その向《む》かい側《がわ》にキクノさんがすわった。

ヤマタロさんはテーブルの反対側《はんたいがわ》の、ミワワさまと向《む》かいあう席《せき》に、ぼくはその右どなりにすわらせてもらった。ぼくのさらに右どなりはミズキちゃん、ママはヤマタロさんの左に。

そのほか、何十匹《ぴき》ものケモノたちが向《む》かいあってすわっていた。

でもウサギやリスたちは、ここには来ていなかった。

イッサムが目をまん丸くし、力をこめ、おもおもしい声でいった。

「われわれは、バケモンやカイジューから、イッチダンケツして森を守《まも》るですけ！」

イッサムのひくい声があまりにもひくすぎて聞こえないので、どのケモノも聞きのがすまいと、ひげも耳もとがらせていた。

「では、ミワワさまのお話をうかがう前に、森の破壊《はかい》の現状《げんじょう》をば報告《ほうこく》してもらうだよ。イタチのスカポン氏《し》、つづいてムササビのアメモリくんにも、お願《ねが》いいたしますだぁよ」

イッサムがよびかけている場所《ばしょ》には、ムササビのアメモリくんがおこったような顔をしてすわっている。

でも、そのとなりはだれもいなかった。

とつぜん、イタチの頭がテーブルの下からニューと出てきた。

スカポン氏《し》は、野外パーティーで料理《りょうり》を説明《せつめい》していたイタチだ。

前足をテーブルの上に、あと足でイスの上に立って、
サルトリイバラの葉《は》っぱに細かく書きつけたメモを見ながら、話しはじめた。

「わし、スカポンと申《もう》すもんだが、いっしょうけんめい話すで、いたらんとこは、ゆるしてちょうでゃー。おみゃあさんたち、よう聞いときゃぁよ。

コンニチまでにバケモンにかじり倒《たお》されとりゃす木は、ナラノキが四百八十六本、クヌギ百二十一本、カヤノキ三十本、クルミ五十八本、ヤマグリ五十本、ヤマガキ十八本……」

報告《ほうこく》はながながと続《つづ》き、みんな退屈《たいくつ》してあくびをしたり、いねむりをしたりしていた。

スカポン氏《し》は読《よ》み終《お》わると、ふたたびすわったらしく、すがたが見えなくなった。

テーブルの上に、サルトリイバラの葉《は》だけが残《のこ》された。

すると、となりのアメモリくんがマジメな顔で、その葉《は》っぱをムシャムシャ、バリバリ、音をたてて食べはじめた。

アメモリくんは食べおわってもなお、モグモグおいしそうに口の中でかみしめていた。

「ムササビのアメモリくん、報告《ほうこく》をお願《ねが》いしまっちゅ」

イッサムがさいそくすると、アメモリくんはあわてて立ちあがった。

「えらい失礼《しつれい》しました。ほな報告《ほうこく》させていただきま。エート、オイカワやヤマメのいたふちが一カ所《しょ》、サワガニやホトケドジョウのおった沢《さわ》が七カ所《しょ》、水飲《みずの》み場《ば》の小さな泉《いずみ》が二カ所《しょ》ハカイされて、このまんまバケモンとカイジューが暴《あば》れると、この冬には食料《しょくりょう》が不足《ふそく》しますやろ。冬になったら、うえじにするもんもでますやろ。それにでんな、巣穴《すあな》がなくなったキツネやタヌキ、テンやイタチ、アナグマなど三百五十世帯《せたい》もいますもんね」

そこでアメモリくんはしばらくだまった。

そして思いきってはきだすようにいった。

「人間に殺《ころ》された母親ダヌキと、そしてから、さらわれた子ダヌキが二匹《ひき》」

カオナおばさんと赤ちゃんのことだ。

ぼくの近くにすわっていた太ったタヌキのおじさんは、丸いなみだをポトポト落《お》としていた。そのなみだはテーブルの上に大きな水たまりをつくっている。

2、グーキチドンのえんぜつ

みんながしずみこんでしまったとき、イッサムが声をふりしぼるようにして大声を出した。

「カイジュードもに荒《あ》らされて、もりモリさまも悲《かな》しんでおられるが、ワシらには、まだのぞみがあるだで。人間国より帰国なされたグーキチドンじゃ。ゴウギな技術《ぎじゅつ》を使《つこ》うて、〈もりモリさまの森〉をすくうてくれるですけ！」

ケモノたちはいっせいに、ぼくのとなりにすわっているヤマタロさんを見た。

ヤマタロさんは、きんちょうして立ちあがった。

「ワシは長年人間のすることをいろいろ勉強《べんきょう》しておったのでありまする」

ぼくはおどろいてしまった。ヤマタロさんはそういう勉強《べんきょう》をしていたの？　人間なのに人間のやることを観察《かんさつ》していたの？　それとも、本当はタヌキだったの？

「ワシは人間がケモノよりもすぐれている
ところを学んできた。今回、バケモンやカ
イジューを連《つ》れた人間たちが森を破壊《はかい》して
おる。このおそろしいことをやめさせるた
めには、森のものたちの力で、戦《たたか》うことな
のだとワシは考えておる」
みんなは静《しず》まりかえった。この静《しず》かさは、
ちょっと、がっかりした静《しず》かさのように思
われた。
「質問《しつもん》があるんじゃケン」
キクノさんが手を上げた。
キクノさんは首をすこしかたむけ、考え考え話しはじめた。
「グーキチドンは人間のすぐれとるところを勉強《べんきょう》なさったんじゃケン、人間のやり方
をまねてこの森を守《まも》るということをなんでやらんのかいのォ？」

キクノさんが席《せき》につくと、こんどは、さっき大粒《おおつぶ》のなみだを流《なが》していたタヌキが、ドタッと立ちあがって大声でいった。

「タヌキのカメオだす。ワタスもそこいらへんをギモンに思うでげす。ケモノの力で人間をやっつけろといわれちゃっても、ワタスはひっかいたり、かみついたりしかでけんですけ」

ヤマタロさんは二匹《ひき》の質問《しつもん》に答えて、ゆっくり話しはじめた。

「ワシは人間の中で暮《く》らしているうちに気がついたのだ。たしかに人間がケモノよりすぐれていることも多い。火を使《つか》ったり、いろんなエネルギーを使《つか》って機械《きかい》を動《うご》かし、大きな街《まち》をつくった。

だが、ワシらは、人間がなくしてしまった力を持《も》って

いるのだよ。人間は、くらやみではなにも見えないし、音や気配《けはい》を感《かん》じとることもできん。ワシらにはそれができる。ワシはその力を信《しん》じてみようと思っている」

「ほう」とか、「フーン」とか、ケモノたちは感心《かんしん》したり、ちょっと心配《しんぱい》そうな顔をしたり、目をつむってだまりこんだりしている。

ミワワさまが静《しず》かに話しはじめた。

「〈もりモリさまの森〉は、大《おお》けな力を持《も》っちゅうがぜよ。バケモンやカイジューが森をかじりたおしたり、土も岩もえぐりとったりしゆうが、〈もりモリさまの森〉は負《ま》けちゃあせん。木も草も苔《こけ》も岩も川もものすごい力を持《も》っちゅうがよ。この森に住《す》んじゅうワテらケモノたちも強い力を持《も》ちゆうがよ！　バケモンやカイジューに負《ま》けん力を持《も》ちゆうがじゃ。グーキチドンはその力を引っぱり出してくれるがじゃあ、そのために帰ってきてくれたがじゃきに！」

ケモノたちはいっせいに、グーキチドンを尊敬《そんけい》の目で見た。

ヤマタロさんは、どんなことができるのだろう。ぼくはどきどきした。

ヤマタロさんがあわてて立ちあがった。そしてすこし早口でいった。

「いや、そんな特別《とくべつ》のことをやるんじゃない。みんなが昔《むかし》からやっていることじゃよ。ほれ、その、そこのあんた」

と、アメモリくんにむかっていった。

アメモリくんはびっくりして、「エッ？　ワテでっか？」という顔で、自分の鼻《はな》を前足で指《ゆび》さした。

「そう。きみじゃよ。きみたちがケモノなのに空を飛《と》ぶことができるのは、きみたちのご先祖《せんぞ》さんが空を飛《と》びたいと願《ねが》ったからなんじゃよ。

ケモノたちは人間とちがって、願《ねが》う力が強い。つまり、強く願《ねが》ったことを実現《じつげん》する力を持《も》っているのじゃ。ウサギが月よりも高くはね、キツネが風よりも速《はや》く走るのも、その力のおかげなんじゃ。その力を使《つか》うだけじゃよ」

えっ、そうなの？

ぼくはちょっと心配《しんぱい》になった。

でもヤマタロさんは自信《じしん》たっぷりに話したあと、すこしだまった。

そして自分自身《じしん》にむかって念《ねん》を押《お》すようにいった。

「うん。そうなんじゃよ。べつにむつかしいことをやるわけでもないのじゃ」

ヤマタロさんは口では「むつかしくない」といっているのに目はぎらぎらしていて、大変《たいへん》むつかしそうな顔をしていた。

「それじゃあ、ここらで休けいだぁよ。この時間をば利用《りよう》してなんか食べておきなっせい」

イッサムがいった。

ぼくは急《きゅう》におなかがすいていることに気がついた。

3、「もりモリ新聞」号外《ごうがい》

スカポン氏《し》が、ぼくたちをおいしそうなにおいがする地下室に案内《あんない》してくれた。

ホオの葉《は》に盛《も》られた、ハンバーグやフライドチキンやサラダが大きなテーブルの上にのっていた。


「オイシイ！」


ミズキちゃんが大声をあげたので、食堂《しょくどう》にいたみんながミズキちゃんを見た。

ミズキちゃんが一番のりで食べたんだ。食《く》いしん坊《ぼう》のこのぼくがまだなのに！　ミズキちゃんはカオナおばさんが殺《ころ》されてからずっと泣《な》いていたんだもの。泣《な》きすぎておなかがぺこぺこだったのかもしれない。

ミズキちゃんの声を聞いてサキコさん、テンキチやフウジやタヌタたちがミズキちゃんとぼくのまわりに集《あつ》まってきた。

彼《かれ》らも口の中いっぱいに食べものをおしこんでいる。

ミズキちゃんがくわえているフライドチキンのようなものは、おいしそうにつやつや光っていて、どう見ても人間のとき食べたフライドチキンなのだ。

ぼくがハンバーグかと思ってかぶりついたものは、表面《ひょうめん》がうっすらこげたような色をしてる。

それは、町のハンバーガー屋《や》さんで食べたのとは比《くら》べようもないくらい、めちゃめちゃうまい！　お、すごい、すごい！　何だこれは！

香《こう》ばしさが口の中でプチプチはじけた。

おいしい肉のような味《あじ》がする。うわあ！

ぼくは思わず入り口の方へとんでいった。そして、口にくわえたまま、「スニョイ！メチャ！　スニョイ！」とさけんだ。ぼくの口は人間の時の三倍《ばい》も長いから、食べものをくわえたままほえることもできるよ。

そしてもう一度食堂《いちどしょくどう》にとびこんで、テーブルの周《まわ》りをシッポをふりながら一回りして、「ウメエ！　ムッチャウメ！」とさけんだ。

とたんに、ぼくはテンキチのシッポで頭を思いきりたたかれてしまった。音が大きかったわりにいたくなかったのだけれど、ちょっと腹《はら》が立った。

テンキチが、おこった声でいった。

「これはオラたちのおとくい料理《りょうり》ですもん。バッテン明日《あす》からこの料理《りょうり》はつくれんとです。ゆっくり味《あじ》わって食ってほしいですたい」

どうして？　とぼくがたずねようとしたとき、サキコさんが教えてくれた。

「ええ香《かお》りとおいしい味《あじ》をつくるのに使《つこ》うた木の花や、草《くさ》の根《ね》をとらせてもろうた森をカイジューにけずりとられたがぜよ。……」

ぼくはお調子《ちょうし》にのってふざけたことがはずかしく、教室で先生にしかられた時みたいにシッポをたれて

いた。

そのとき、タヌキが一匹《ぴき》、葉《は》っぱをたくさんかかえて食堂《しょくどう》に飛《と》びこんできた。

あの泣《な》き虫《むし》タヌキのカメオさんだ。

カメオさんはおこっていて、大きななみだをタラリ、タラリ、とこぼしながらさけんだ。

「ゆるせましぇん。ゆるせましぇん。みんな、この新聞をば読んでくだされやぁ」

というなり、マテバシイの葉《は》っぱを食堂《しょくどう》の床《ゆか》にばらまいた。

食堂《しょくどう》にいたケモノたちは、食べかけのものをそのままにして、葉《は》っぱにとびついた。

ミズキちゃんが一枚《まい》くわえてもどってきて、ママにわたした。

マテバシイの葉《は》っぱには、小さなあなやひっかききズがいっぱいならんでいる。

人間が見たら、虫があなをあけたただの落《お》ち葉《ば》だと思うだろう。でもケモノになったぼくには葉《は》っぱの文字《もじ》が読める。

大きな文字《もじ》で「カオナさつがいのはんにんわかる!!」

その下に、「はんにんは、ナラノキしちょうだとはんめいした……」

「あっ」

ママのむこうがわから葉《は》っぱの新聞をのぞきこんでいたミズキちゃんが、大声でさけんだ。

「市長さんよ。ほら、この前学校にいらした！」

ぼくも気づいた。

若《わか》くてカッコいい市長さんだった。市長さんは体育館《たいいくかん》でいろいろな話をした。自然《しぜん》の大切さや、ゴミのリサイクルのことなど。

ミズキちゃんが大声でいった。

「カオナおばさんが市長さんに何をしたの？　カオナさんは赤ちゃんをとりもどそうとしただけなのに。……それにポンコやポコタは品物《しなもの》じゃないんだ。生きているいのちなのよ」

それればかりではない。市長さんたちは森の木を引きむしって川の流《なが》れをよごし、赤土をむき出しにしてしまった。

「市長さんはこの森を一体どうしようというの!?」

ミズキちゃんが半分泣《な》き声《ごえ》でさけんだとき、ぼくは思いだした。

そうだ!! 市長さんが話していた。最近《さいきん》ゴミの量《りょう》がふえた。ゴミを焼却場《しょうきゃくじょう》で燃《も》やした灰《はい》と燃《も》えないゴミを埋《う》めるところをつくるっていってたぞ!

ぼくはケモノになって気づいたけれど、ケモノのゴミは木の葉や草のつるだから、いつかは土になって、森にかえっていく。

でも、人間のゴミはちがうんだ。ぼくもきのうまで人間だった。毎日ビニールにつつまれたパンやおかしを食べ、それをポイとゴミ箱《ばこ》に投《な》げ入《い》れ、こわれたおもちゃやプラモデルだって捨《す》ててきた。そういうゴミをこの森に埋《う》めるの? そのために、この森がなくなってしまうの?

6章

タヌタたちの作戦《さくせん》

1、ケモノたちの戦《たたか》い

「リンくん……」

ミズキちゃんが、こっそりとやってきていった。

「フウジやタヌタたちが何かはじめるみたいなの。いっしょにやろうって！　のるぞ！　そのはなし！」

ぼくらは〈いずみの門〉からぬけ出し、柿《かき》の木のあった場所《ばしょ》にむかった。

ぼくは耳をピンと立てて、しっぽを強くふった。

ぼくたちが、走っているのは、ケモノたちが小さな足の肉球《にくきゅう》でつくった道だ。だから、ぼくの四本の足の肉球《にくきゅう》にとても気持《きも》ちいい。

しかし、その道は、途中《とちゅう》でぶったぎれていた。柿《かき》の木のあったところまで行くと、ブルドーザーとパワーショベルが数台とまっている。きのうの朝まで柿《かき》の木沢《きさわ》がもりモリ川にむかって流《なが》れていた場所《ばしょ》だ。そしてカオナおばさんはここで殺《ころ》された。

若《わか》いキツネやアナグマやタヌキたちがギャンギャン、グワアン、グワアンさわいでいる。

「くさあーい！」

ミズキちゃんがすっとんきょうな声をあげた。なんだ、このにおいは？

「うさぎのショウベンどすえ！」

しげみの中からウサギがぴょんとあらわれて、大声で教えてくれた。

「それと、タヌキのタメクソやん！」

タヌタたちが、アケビのつるであんだかごに黒っぽいかたまりをどっさり入れて、それを重《おも》そうにかかえて走っていった。

赤土の丘《おか》のむこうを四、五人の人間の男たちが逃《に》げてゆくのが見えた。

タヌタたちは追《お》いかけていって、男たちに黒いかたまりを投《な》げつけた。

「タヌキはね、何匹《なんびき》かで決《き》めたところにウンチをするクセがあるの。タヌキノタメクソというのよ」

「勝利《しょうり》だ！　勝利《しょうり》だ！」

「きょうは午後から工事《こうじ》は進《すす》まねえだ！」

キツネやタヌキやアナグマの若者《わかもの》たちが、ブルドーザーやパワーショベルにのぼって大さわぎをしている。

けれど、遠くからまたエンジンの音が聞こえてきた。切りくずされた尾根《おね》のむこうから、ジープが土煙《つちけむり》をあげながら走ってきたのだ。ケモノたちはあわてた。

高い岩の上に立って大声でさけんでいるケモノがいた。テンキチだ。

「みんな落《お》ちつかんとなりまっせんもん。二番目のコウゲキにうつりますタイ！」

テンキチはぼくとおなじチビだけど、堂々《どうどう》としている。

「ムササビ少年隊《しょうねんたい》！　用意《ようい》はよかですと？」

「OK《オーケー》！」「OK《オーケー》！」「OK《オーケー》！」

歌うように返事《へんじ》が頭の上からふってきた。赤土の原にポツンポツンと立っているヒノキのてっぺんに、ムササビが何匹《なんびき》もしがみついている。

ぼくたちは、しげみや岩かげにかくれた。

ジープには市長さんが乗《の》っていた。ほかに男たちが三人いる。みんな白いマスクを

している。

彼《かれ》らはジープから飛《と》びおりると、青いスプレー缶《かん》でシュッシュッとそこらじゅうに霧《きり》をふりまいた。

強烈《きょうれつ》なウサギのおしっこのにおいは、あっというまに消《き》えてしまった。

消臭《しょうしゅう》スプレーだ。

「人間の化学《かがく》の勝《か》ち、ケモノの負《ま》け」

と、ミズキちゃんがくやしそうに小声でいった。

テンキチが岩の上に飛《と》びあがって、思いっきりさけんだ。

「いまだ！　ぶっかけちゃれ！」

何匹《なんびき》ものムササビがヒラヒラと飛《と》びおりてきた。

前足でつかんだ青竹のつつから、緑色《みどりいろ》の液体《えきたい》がジャブジャブと男たちの頭や顔にふりかかる。

「ギャア！　なんだこりゃ！」

男たちは、あわててジープに逃《に》げこもうとした。

でも市長さんは落《お》ちついている。

「こんどは、くさくもなんともない。平気《へいき》だ、平気《へいき》だ」

液体《えきたい》は、見あげた男たちの顔に飛《と》びちった。でも男たちは、平気《へいき》ですぐに仕事《しごと》をはじめた。

「チクショウどもの浅知恵《あさぢえ》さ。アッハッハ」

市長さんがバカにしたように笑《わら》った。

彼《かれ》らはまず、止まったままのブルドーザーに乗《の》って機械《きかい》をチェックしたり、エンジンをかけたりした。

テンキチがぼくの後ろにやってきて、

「オカシかあ。人間はあの木のオシルに弱いってかあちゃんから聞いとったですもんね」

といいながら、ぼくの背中《せなか》を前足でひっかいた。

テンキチ、やめろよ、くすぐったいよ。あれはなんなの？

ムササビ少年たちは、緑《みどり》の液体《えきたい》を人間にむかってばらまいたあと、木の枝《えだ》にとびついて、さらに別《べつ》の木にうつり、逃《に》げていった。でも一匹《ぴき》だけ、地面《じめん》に着地《ちゃくち》してしまったのだ。

男たちのひとりが、ノロノロはっているムササビの少年を見つけた。

「みっともねえかっこうだぜ」

男が、ぶあつい靴《くつ》でムササビ少年をけった。

ムササビはキュンと小さな声をあげてうらがえしになった。そして白いおなかを上にして、四本の足をバタバタさせている。

「おもしれえ！」

別《べつ》の男がどこからか太い木ぎれを持《も》ってきた。棒《ぼう》の先は、するどくとがっている。

「ソンナコツ、やめなっせえ！」

タヌタの声だ。

ぼくたちはいっせいにしげみから飛《と》びだした。

まっさきにフウジが、棒《ぼう》を持《も》った男のうでにとびかかった。でも男にけりあげられてしまった。

「キャン」

ぼくは力いっぱいあと足で赤土をけった。ぼくの体が空中をとんで、男へぶつかっ

ていった。でも、
「キャアン！」
ぼくも悲鳴《ひめい》をあげて、空中にとばされてしまった。
男がふりあげた棒《ぼう》が、ぼくに当たったのだ。ぼくは
ホームランとはいかないが、ファウルフライみたいに
うちあげられてしまった。
ほかのケモノたちも、男たちにけっとばされたり投《な》
げとばされたりした。でも、そのあいだにムササビ少
年は、しげみにかくれた。
「ギャーアーン」
すさまじい声がした。
ケモノではなく、棒《ぼう》をふりあげた男の声だ。
その男のおしりに、大きなタヌキが一匹《ぴき》ぶらさがっ
ていた。カメオさんだ。

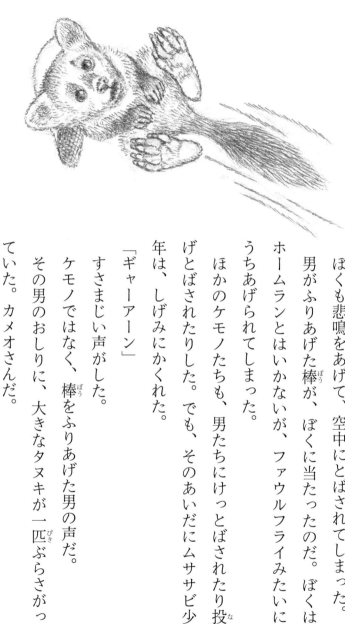

カメオさんは男のおしりをくわえたまま、力いっぱい頭をふっている。おしりをかまれている男は「ウギャラッテガヂロンデクダルサーイ」とよくわからない人間語をさけんで、ジープの方にバタバタ逃《に》げていった。

カメオさんは顔をしかめて、

「ペッペッ」

とつばをはきながら、若《わか》いケモノたちにいった。

「みんな、やるじゃねえかい。だんが、こんどからまんず、このカメオさんを仲間《なかま》にいれてくれんかのう」

カメオさんが、つぎはどいつのおしりにかみつこうかなという顔をして、男たちのおしりを見まわすと、彼《かれ》らは青くなって、ジープにむかって走りだした。

2、ナゾのキツネ

ぼくは、みんなからはなれたところで、カメオさんのかつやくをぼんやりとながめていた。

棒《ぼう》でふっとばされたとき、打《う》ちどころが悪《わる》かったのかもしれない。

ぼくの体が急《きゅう》にふんわりと持《も》ちあげられた。

「テンの子どもをつかまえたぞ。これもうちへつれて帰って飼《か》うことにしよう」

市長さんの声だ。

つかまってたまるか。ぼくはむちゅうで、市長さんの腕《うで》にかみついてやった。

ぼくの歯《は》はとがったするどいケモノの歯《は》だ。皮膚《ひふ》をつきやぶって肉につきささった。

「ギャァァァァ！」

おどろくほど大きな悲鳴《ひめい》がおこったかと思うと、もう一度《いちど》空中にほうり投《な》げられた。

ぼくは一回転《かいてん》して赤土の上にうまく着地《ちゃくち》すると、フルスピードで逃《に》げだした。

五百メートル以上《いじょう》は走ったと思う。

前方から何十台ものショベルカーやブルドーザーがやってくるのが、目にとびこんできた。

もりモリ川にそって、ゆるい坂《さか》をのぼってくる。

ぼくは前足をふんばって、おしりをついて、やっとのことで止まった。

どこへ逃《に》げようかとふり返《かえ》ると、そこには市長さんがいた。市長さんも、かなりの勢《いきお》いで走ってきたにちがいない。こんどはかまれないぞと、ウインドブレイカーをひろげてぼくにかぶせようとしている。

ぼくの体がまた空にういた。何ものかに首の後ろをくわえられて、すごい速《はや》さで運《はこ》ばれていた。

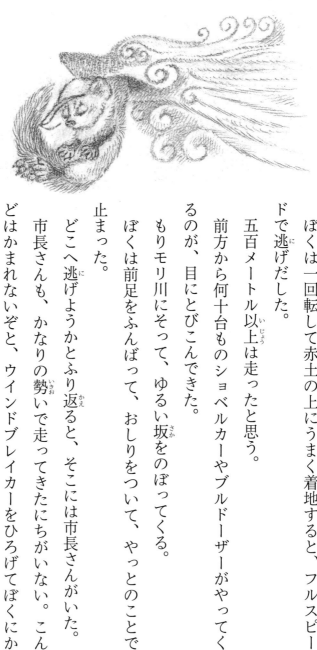

あれれ。

気がつくと、竹やぶの中にいた。助《たす》けてくれたのは大きなキツネだった。

「パワーショベル十五台、ブルドーザー二十台、クレーン車三台、十トントラック十台、カツラ谷にむかっている、とイッサムにすぐ連絡《れんらく》してくれ」

キツネはそれだけいっていなくなった。

ここはどこ？　ぼくはしばらく竹やぶの中にかくれていた。

「ペッペ、あいつらのオシリはマズイ、マズイ。その上、イタチのオナラよりもくさい、くさい」

きゅうに、カメオさんの声が近くで聞こえた。

なーんだ、ここは柿《かき》の木尾根《おね》の上なんだ。ぼくのかくれた竹やぶのすぐ近くに、みんなが休んでいた。

「みんなダイジョーブか？　ケガをしたヤツはおらんかいナ」

カメオさんがみんなにたずねている。

「リンくんが！　リンくんが帰ってこないの！　市長さんに追《お》いかけられていって、

つかまったかもしれないわ」

ミズキちゃんが半分泣《な》きそうだ。

「そりゃタイヘンダァ、市長はかわいいケモノを自分のものにしたいんじゃ」

カメオさんが大声でどなった。

ぼくは「かわいい」といわれて、すこしてれくさかったけれど、ヤブから元気よく飛《と》びだした。

みんな、ぴょんぴょんとびはねた。

「バンザーイ！」

「バンザーイ！」

しかし、よろこんでいる場合じゃないんだ。

「カイジュー」が、とんでもない数、やってくるんだから。

ぼくは、走るのが得意《とくい》のテンキチとフウジに、カツラの木の巣穴《すあな》まで行ってもらうようにたのん

だ。イッサムに、早くあのキツネからの伝言《でんごん》を伝《つた》えなければ。

そのとき、竹やぶのうらからジープがやってきた。

ジープには市長さんと三人の男が乗《の》っている。みんなまっかな顔をして、顔や頭やせなかや胸《むね》をかきむしっていた。ジープはよろよろと川下の方へ帰っていった。

そのとき、ミズキちゃんが、すっとんきょうな声でさけんだ。

「アッ！　わかった！　さっきの緑《みどり》の水、ウルシのしるだったんだ！　人間はウルシにさわるとかゆくなって大変《たいへん》なのよ」

見ると、ぼくたちのすぐ近くに、市長さんたちの顔より赤く紅葉《こうよう》したヤマウルシの木が風にゆれていた。

3、タヌキに伝《つた》わる歌

ぼくらは尾根《おね》をこえてカツラ谷の急坂《きゅうざか》の上でカイジューたちを待《ま》ちかまえていた。

カイジューたちは柿《かき》の木《き》尾根《おね》をまわりこんで、カツラ谷への急坂《きゅうざか》をのぼっている。

バリバリ、ガリガリ、いやな音が、だんだん近づいてきた。

テンキチとフウジは、イッサムにしらせてくれたのかしら。

ヤマタロさんたち、早く来てよ。

カツラの巣穴《すあな》の方をふり向《む》くと、そこになんと、イッサムがつっ立っていた。

えっ、いつのまに来たの？　それに、そんなにのんびりした顔でボケーッと立っていていいの？

「さあ、タヌタたちもいっしょに歌うべえよ」

イッサムときたら、例《れい》のひくくて聞こえにくい

声で、こんなのんきなことをいったのだった。
タヌタは「ホエヘ！」ってへんな声で返事《へんじ》をしておいて、
「なんなの、おじさん、そんなのアリかよ。こんなバヤイにヤベエやん、歌なんて」
と、バカにしたようにいった。
イッサムはタヌタの方を見ないで、しずかに歌いだしたんだ。
歌というよりお経《きょう》みたいだった。

ゾロゾロ、ブンブン、ブンブンブン
地をはうものは
ゾーロゾロ
空《そら》とぶものは
ブーンブン
ブンブン、ゾロゾロ、ブンブンブン

バタバタ、モソモソ、バータバタ
足あるものは
モーソモソ
羽あるものは
バータバタ
バタバタ、モソモソ、バータバタ

パワーショベルやブルドーザーはもうぼくたちの目の前まで来ている。だが、イッサムの「歌」は人間たちには聞こえない。それに歌が人間に聞こえたからって、彼《かれ》らが帰ってゆくとも思えない。

でも、いつのまにかカメオさんも横《よこ》にならんで歌っているのだ。

二匹《ひき》のタヌキはまっすぐにつっ立って、

「ブンブン、ゾロゾロ、ブンブンブン」と歌いつづけている。

そして、なんとタヌタたちも、まじめな顔をして歌いはじめたではないか。

「ブンブン、モソモソ、バータバタ」

カツラの巣穴《すあな》の方向《ほうこう》に進《すす》んでいたカイジューたちが止まった。人間たちは運転席《うんてんせき》を飛《と》びだし、腕《うで》をバタバタさせて逃《に》げてゆく。

タヌキ合唱団《がっしょうだん》はまだ歌いつづけている。

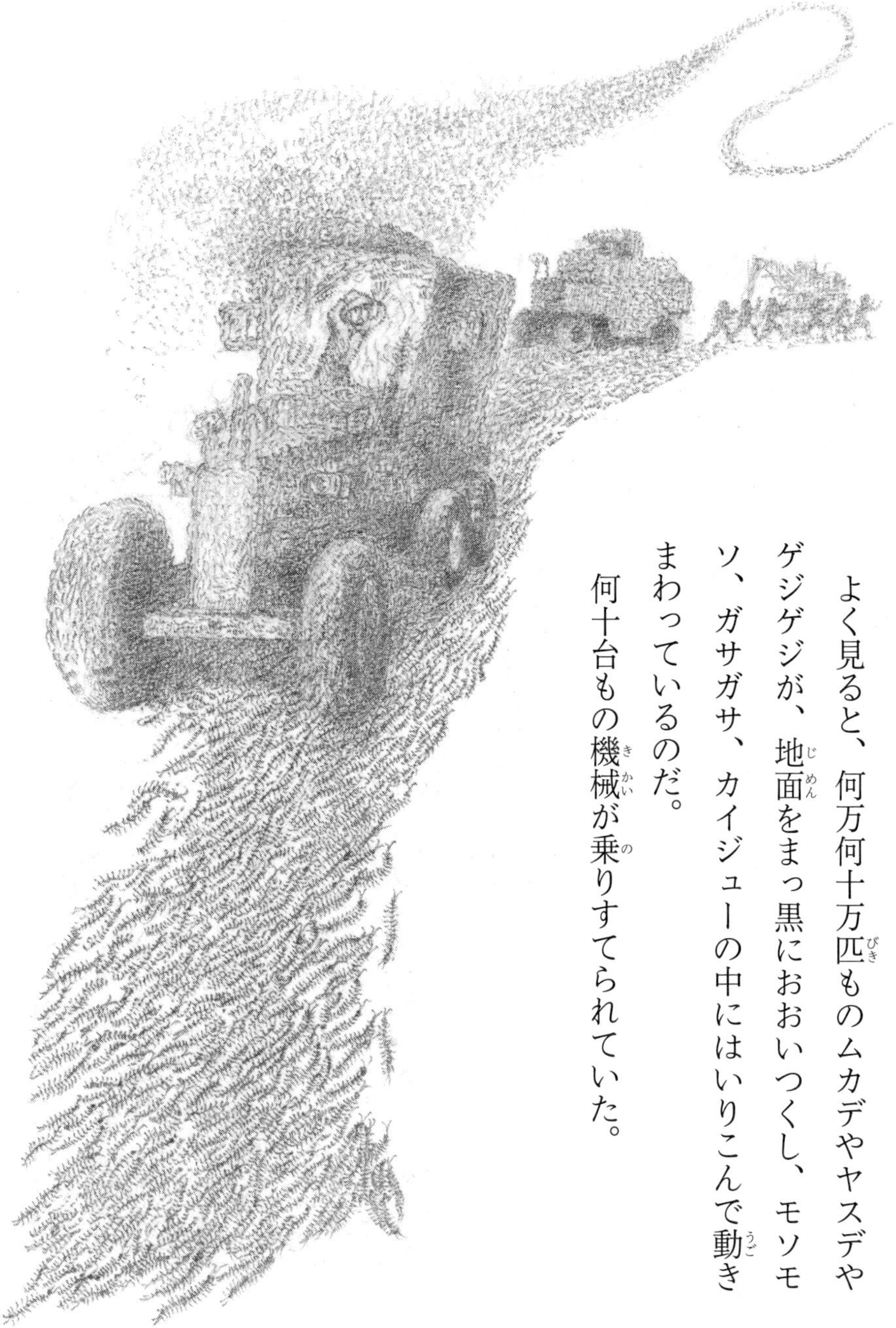

よく見ると、何万何十万匹《びき》ものムカデやヤスデやゲジゲジが、地面《じめん》をまっ黒におおいつくし、モソモソ、ガサガサ、カイジューの中にはいりこんで動《うご》きまわっているのだ。
何十台もの機械《きかい》が乗《の》りすてられていた。

4、テンキチのかなしみ

つぎの朝、ぼくはがけを登《のぼ》っていた。

ゆうべ、テンキチから、「夜があけたら赤岩尾根《あかいわおね》のさきっちょへこい」とささやかれていたのに、目がさめたらお日さまはシイの木のてっぺんにいた。

尾根《おね》が向《む》こう山《やま》の方へつき出た場所《ばしょ》の切《き》り株《かぶ》に、テンキチがしょんぼりすわっていた。

ぼくは、切《き》り株《かぶ》をいくつも飛《と》びこえて、テンキチの前におどり出た。新入りのテンにしては、すごいだろう、この身《み》の軽《かる》さ！

とたん、バシッ！　ぼくはテンキチのしっぽで頭をしばかれてしまったのだ。こんどこそおこったぞ！　なんだなんだ、失礼《しつれい》なやつだ。

「どぎゃんしとった。いつまで待《ま》たせると！」

抗議《こうぎ》する前に、テンキチにしかられてしまった。

「オラは人間をば、にくんでおりますもんね」

いきなりテンキチがぼくをにらみつけながらしゃべりはじめた。

「オラのかあちゃんは去年《きょねん》テッポウでうち殺《ころ》されたとです。毛皮《けがわ》をはぎとるためだけに……肉はすてていったとです。まだら尾根《おね》のむこう側《がわ》にかあちゃんは毛皮《けがわ》をはがれてまるはだかの肉だけの体ですてられたとです。

オラたちもネズミやリスを殺《ころ》す。腹《はら》がへってどぎゃんしようもなく殺《ころ》すとです。人間は食べる気もないのに殺《ころ》すタイ。カオナおばさんを殺《ころ》したヤツらだって、タヌキはくさいとかいって食わんですもん」

それから、テンになっているぼくを人間を見る目でにらみながら、

「人間はおそろしかケモノですタイ！　オラは逃《に》げることにした。ミワワさまやイッサムは人間と戦《たたか》うなんてとんでもなかこつば、はじめただども、そぎゃんこつムリですタイ！」

でも、ぼくたちはショベルカーやブルドーザーを追《お》いかえしたじゃないか。みんな

で力を合わせて……。

「なにをバカなこつば、ぬかしよるか！　なんでキミたちはこの森にのこのこやってきたとね！　グーキチドンもキミたちもバカタレですタイ！」

バカタレとはなんだ。ひどいよ。

「バカタレですもん。バカをバカタレというて、どこが悪《わる》かとですか」

ぼくもこの森を守《まも》りたいからいっしょうけんめい……。

感情《かんじょう》があふれてなみだ声になってしまった。

「なんでここに来るまえにこの森ば、ひどいこつ、させんように、努力《どりょく》ばせんかったとね？　人間どうし、ちゃんと話して、この森をえぐりとるなんてこつを、やめさせてから、来てくれればよかったとです」

はじめて気づいたのだった。

この森のことをちゃんと調《しら》べて、こんな計画があるのならヤマタロさんやパパと市長さんに会いに行けばよかったんだ。そういうことをまったくしないで、のんきにハイキングのつもりでやってきたぼくらは、テンキチがいうようにバカタレだ。

「もう手おくれですタイ。オラは逃《に》げる。人間はオラたちが抵抗《ていこう》すれば殺《ころ》すとよ。オソロシカァー。人間はエリマキにするためにキツネやテンをまっ先に殺《ころ》す。殺《ころ》して毛《け》皮《がわ》ばはいで、まだら尾根《おね》にすてられるとよ」

ぼくはゾッとした。そして人間が急《きゅう》にこわくなった。人間だったくせに。

「きみのガールフレンドのイタチもいい毛皮《けがわ》になると。何匹《なんびき》もぬい合わせてコートにするとですばい」

ぼくはミズキちゃんがスカポン氏《し》やほかのイタチといっしょにぬい合わされて人間のおばさんが着《き》るコートになっているところを想像《そうぞう》してしまった。

テンキチは、話すことは全部《ぜんぶ》話したといわんばかりに赤岩尾根《あかいわおね》をおりはじめた。

「オラの巣穴《すあな》は今朝《けさ》がたカイジューにえぐりとられてしもうたとです。オラもあぶないところだったですもん。かあちゃんのにおいがうっすら残《のこ》っとったあの巣穴《すあな》は、オ

ラの宝物《たからもの》だったとよ。もう、この森にいるイミはなか」
　テンキチはぼくがのぼってきたカツラ谷側《がわ》と反対《はんたい》の斜面《しゃめん》を、もりモリ谷へおりていった。そして、まだら尾根《おね》にむかって、深《ふか》い森の中へ消《き》えた。
　まだら尾根《おね》のむこうは、〈もりモリさまの森〉とはちがう世界《せかい》なんだ。テンキチとはもう会えないんだ。
　ぼくは、しばらくテンキチの行った森をながめていた。

もりモリ谷を流《なが》れているもりモリ沢《さわ》の手前に、まっ黒の大きな岩が見える。

その岩のてっぺんにタヌタたちがいた。なにをしているんだろう。

この赤岩尾根《あかいわおね》の一番高いところにある切《き》り株《かぶ》にのっかってみた。

ここからだと、〈もりモリさまの森〉が三六〇度《ど》見わたせる。

カツラ谷の方を見ると、二つの尾根《おね》がけずり取《と》られて、岩とかわいた土の工事現場《こうじげんば》だ。この尾根《おね》だけは固《かた》い赤岩。人間の機械《きかい》だってこわすことはできない。だからもりモリ谷の森が残《のこ》されている。

ぼくは、タヌタたちのいる黒い岩にピョンピョンとジャンプしながらおりていった。

人間だったときなら十五分はかかる距離《きょり》を三秒《びょう》で！

5、タヌタ大かつやく

テンキチはまだら尾根《おね》の方に逃《に》げていったよ。ぼくたちも一緒《いっしょ》に逃《に》げないか。

タヌタたちは、黒い岩のさけ目に、カシの枝《えだ》をつっこんでいた。

「ねぼけてんじゃやねぇ」

タヌタは面倒《めんどう》くさそうに答え、熱心《ねっしん》に作業《さぎょう》を続《つづ》けながら、

「人間なんかにまけてたまるか！」と、ぶっきらぼうにいった。

そこへチビタが川下の方から走ってきた。

「きやがったゼ！　タヌタあにぃ」

チビタが指《ゆび》さした向《むこ》う山《やま》の麓《ふもと》のあたり、林道を

もりモリ川にそって、カイジューたちが長い長い

行列《ぎょうれつ》をつくってやってくる。

「こりゃ！　のんびりしとったらダメずらね！

石くれでも、ひろえヤ」

タヌタの妹のタヌコだ。

「ナヌをのろのろしてるだね、早《は》よ持《も》ってこんか」

わかったよ。

ぼくが、適当《てきとう》な石を五、六こひろって岩のてっぺんに行くと、タヌタが岩のさけ目につき立てたカシの枝《えだ》にアケビのつるをしばりつけ、林道の方向《ほうこう》をにらみつけていた。

ぼくがタヌコにわたした小石を受《う》けとると、タヌタはそれをつるにつけた。

そして、カシの枝《えだ》を思いきりしなわせて、片目《かため》をつぶって、もう一方の目をまん丸に見開《みひら》き、つるをはなした。

小石は、ビューンと力強く飛《と》んでいって、ビシッという音がした。石は、先頭をやってきたショベルカーの運転席《うんてんせき》の窓《まど》ガラスに小さな穴《あな》をあけた。

チビタが黒い玉をいっぱいかかえていて、タノッペにひとつずつ手わたす。

「ほぃ、きた」タノッペが黒い玉をタヌタにわたす。

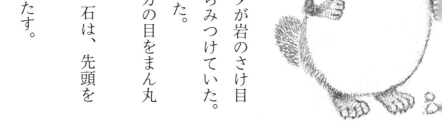

タヌタは片目《かため》をぎゅっとつぶって、もう一方の目をまん丸にして黒い玉を発射《はっしゃ》させた。玉はさっきガラス窓《まど》にあけた小さな穴《あな》にむかって飛《と》んでいった。黒い玉が穴《あな》に飛《と》びこむ。ショベルカーの運転席《うんてんせき》から、太ったおじさんが転《ころ》げ落《お》ちて笑《わら》っている。

ナニ、アノ黒い玉？　と、ぼくがチビタにきくと、チビタが「ワライタケ爆弾《ばくだん》」だと教えてくれた。

人間たちは「虫集《むしあつ》め作戦《さくせん》」にこりて、機械《きかい》の運転席《うんてんせき》のガラス窓《まど》をしめきっているから、まずガラス窓《まど》に小石で穴《あな》をあけて、その穴《あな》にワライタケ爆弾《ばくだん》を投《な》げ入《い》れるという作戦《さくせん》なんだ。

太ったおじさんは、しばらく笑《わら》いころげていたが、そのままのびてしまった。

死《し》んじゃったの？

「バカいうでねぇ、眠《ねむ》り草《ぐさ》の粉《こな》も入ってるけぇ、寝《ね》てるだけさぁ」

チビタが教えてくれた。

「いらん心配《しんぱい》しとらんで、もっと石ツブテひろってこんかい」

タヌコがいったので、ぼくは、小石をひろいに黒い岩をおりた。カイジューたちがガラガラやかましい音といっしょに次《つぎ》つぎやってくる。

しばらくして岩のてっぺんに登《のぼ》って林道の方を見ると、ガラス窓《まど》に穴《あな》のあいたブルドーザーやショベルカーが、ひっくりかえったり土手に乗《の》り上《あ》げたりして林道を完全《かんぜん》にふさいでしまっていた。

「タヌタが、カイジューどもをやっつけたぞぉー」

タヌタ本人が大声でさけんでいる。

これで残《のこ》された森は安全《あんぜん》だ。キツネやテンやイタチもやってきて、タヌタを胴上《どうあ》げしている。ぼくはタヌコと黒い岩の下でそれをながめていた。

「兄ちゃん、調子《ちょうし》にのってらぁ」とタヌコがいった。

6、テッポウ

ちょうどそのとき、赤岩尾根《あかいわおね》のむこうで、ドカンとでかい音がした。

ぼくはびっくりした。大きなタヌコが、ぼくに抱《だ》きついてきたからだ。よっぽどこわかったのか、ぼくにのっかって、ふるえている。

ぼくはやっとのことでタヌコの下からはい出《だ》して、赤岩尾根《あかいわおね》にかけのぼった。尾根《おね》ではケモノたちが心配《しんぱい》そうに赤岩谷《あかいわだに》をのぞきこんでいる。

「あれは、ダイナマイトというバクハツモンだがね」

スカポン氏《し》が、がけっぷちに立って説明《せつめい》している。

カイジューの力でもびくともしなかった大きな岩が吹《ふ》き飛《と》ばされて、赤岩尾根《あかいわおね》の幅《はば》が半分になっていた。

あと一回か二回バクハツされたら、この尾根《おね》はちょんぎられてしまう。そうなったら、ケモノたちの最後《さいご》の森も、はだかにされてしまうだろう。

ダダーン。

とつぜん、カツラ谷の方からテッポウの音がした。キャンという小さな声がした。

ダダーン、ダダーン。人間は赤岩谷《あかいわだに》から尾根《おね》の上のケモノたちをねらいうちにしているんだ。

うたれたのは、チビタだった。みけんに一発《ぱつ》、命中《めいちゅう》して、チビタの小さい顔に大きな穴《あな》があいている。

ミワワさまがやってきて、チビタを天高くさし上げた。そして

「ウ〜オ〜ウォ〜ウ〜」

とさけんだ。

そんなことをすればテッポウのまとにされてしまうよ。でも、テッポウの音は静《しず》まりかえった。ミワワさまは、魔法《まほう》をつかったのか？

ミワワさまは一心にいのっていたけれど、「やっぱりこのこは、だめじゃった」といった。

「バアサマ！　チビタを〈ヒミツの泉《いずみ》〉に入れてみんベヨ！」

タヌタが泣《な》きながらいって、チビタをかかえて森の中に入っていった。

〈ヒミツの泉《いずみ》〉は、この森の奥《おく》にあるらしい。

タノッぺとタヌコが抱《だ》きあって泣《な》いている。フウジがなぐさめても、はげしく泣《な》くばかりだ。

タヌタは、生きているときよりもっと小さくなったチビタをおぶって帰ってきた。

「なんでタヌキばっかし死《し》ぬんだよー」

チビタをおぶったまま黒い岩をゲンコツで殴《なぐ》りつけた。

7章

イッサムの戦《たたか》い

1、グーキチドン対《たい》イッサムのろんそう

「救急隊《きゅうきゅうたい》の仕事《しごと》、手《て》伝《つ》どうてくれへんか？」

ムササビのアメモリくんが木からおりてきた。

もちろん！　ぼくはアメモリくんについて行った。

落《お》ち葉《ば》の上をのろのろ歩きながら、アメモリくんは、ずっとしゃべっている。

ヤマタロさんは、朝早くからアメモリくんをつれて、大きな岩や深《ふか》いふちや年寄《としよ》りの木をたずね歩いていたという。

そして、大岩や古木を見つけると、「この森の生きものたちの力になっておくれ」とたのんだそうだ。

「そのお願《ねが》いのしかたがな、並《なみ》じゃおまへんのや、ナンカもう全身《ぜんしん》のエネルギーを使《つか》いはたすような力の入れようですねん」

ヤマタロさんはタヌキのくせに高い木の上に登《のぼ》り、水の中にまでもぐったらしい。

ぼくはあきれてしまった。イッサムたちが「虫集《むしあつ》め作戦《さくせん》」でブルドーザーを追《お》い返《かえ》し、タヌタたちがワライタケ爆弾《ばくだん》でパワーショベルと戦《たたか》っているときに、なんとのんきなことをしていたものだ。

「ホンマ、ワテもしんどうなってもうた。くたくたですねん」

アメモリくんはつかれてなくても、地べたを歩くのがのろい。

ぼくは森の中をかけぬけるのは得意《とくい》だが、ゆっくり歩くのは苦手《にがて》なのだ。落《お》ち葉《ば》の中に鼻《はな》をつっこんで食べられる木の実《み》をさがしたり、ピョンととび上がって、つるからさがっている山ぶどうを食べたりしながら、アメモリくんの話を聞いていた。

着《つ》いたのは、まだら沢《さわ》の流《なが》れ近くだった。人間のおじさんたちが二十人ほど、赤や黄色の落《お》ち葉《ば》の上に寝《ね》かされている。

ナーンダ、ケモノたちを助《たす》ける仕事《しごと》かと思ったのに。

スカポン氏《し》が、竹のつつをかかえてやってきた。

つつから赤っぽい液体《えきたい》を飲《の》ませると、おじさんたちは目を覚《さ》まして元気よく帰っていった。

ぼくはこんな事《こと》をしていていいのだろうか。黒い岩の上でタヌタを手伝《てつだ》っていたチビタの真剣《しんけん》な顔を思い出していた。


のこった森のなかで、木の根元《ねもと》や落《お》ち葉《ば》の上にミズキちゃんのにおいをさがしまわっていた。きょうは一度《いちど》もミズキちゃんに会っていないんだもの。

風がふいてきて、なつかしいヤマタロさんのにおいが流《なが》れてきた。

走っていったら、ヤマタロさんがいた。ヤマタロさんは、すごくつかれたようすで、りっぱだった毛には、ひからびた泥《どろ》や落《お》ち葉《ば》がくっついている。

いっぱい話したいことがあった。なんでこの森にくるまえに、パパや市長さんたちと話し合わなかったのか？ そういうことをたずねたかった。

でも、つかれきったヤマタロさんを見ると、すぐには話しだせなかった。

だいじょうぶ？ ヤマタロさん？

「うん、だいじょうぶだ」

ちっともだいじょうぶそうには見えなかった。

「グーキチドン！　ちょっと話があるだんが！」

イッサムだ。イッサムが近づいてくるのも、においでわかった。ぼくはタヌキのにおいがわかり、タヌキのにおいの中でヤマタロさんとイッサムのにおいが区別《くべつ》できるようになっていた。

「やめるベェ、こげなことはもうつづけられねぇだ」

イッサムにしてはずいぶん大きな声だった。

「バカな！　イッサム、なんてことをいうか。あとひといきで森を守《まも》れるぞ！　がんばろう」

ヤマタロさんは弱よわしい声なのに、いっていることは勇《いさ》ましい。イッサムは大声なのに、ずいぶん弱気だ。

「まだら尾根《おね》のむこうまで逃《に》げよう。人間たちは、なんぼでもおそろしい機械《きかい》や武器《ぶき》を持《も》ってるで、それに……」

「オジサン、そんなのやべえよ！」

タヌタが前足にワライタケ爆弾《ばくだん》の大きな玉をかかえてやってきた。

「イヤ、タヌタくん、こうふんしちゃいけんだわ。ちゃんとじょうきょうを見きわめようではないか」

「オイラ、テッポウなんかこわくねえだ。カオナおばさんとチビタのかたきをうつだよ。血《ち》まみれになって死《し》んだカオナおばさんとチビタの……」

「わかったよ、泣《な》くなよ」

ヤマタロさんは、タヌタのかたをだくようにして、そのまま行ってしまった。

ぼくは夢中《むちゅう》でさけんだ。

まってヤマタロさん。そんなのあぶないよ！

イッサムも大声で、

「ようく考えるだよ。ひとつの考えを頭のまん中へぶらさげておいて、ぶらぶらゆれるのをながめていることが大切じゃよ」

といいながら二匹《ひき》を追《お》いかけていった。

2、ぼくはケモノになりきった！

森から出ておどろいた。目の前にあるはずの、赤岩尾根《あかいわおね》がなくなっている。朝は森が全部《ぜんぶ》見わたせる高い尾根《おね》だったのに、今はイタチにだって飛《と》びこせる土手だ。その土手の向《む》こうでは、ブルドーザーが何台もはいまわって、ダイナマイトで吹《ふ》き飛《と》ばした岩のかけらをかたづけている。

やがて、お弁当《べんとう》の時間になったのか、人間たちは新しく造《つく》られた道路《どうろ》をもりモリ川の川下に引きあげていった。

午後からはもりモリ谷まで道路《どうろ》がのびる。残《のこ》された森の木が切られ、土がえぐりとられて、森全体《ぜんたい》が大きな穴《あな》になるだろう。

バリバリガリガリ、また、いやな音が近づいてきた。もう昼休みが終《お》わったのだろうか。ブルドーザーやショベルカーが二十台くらいやってきて、土手のむこうで止まった。

太ったおじさんがおりてきた。見たことのある顔だ。そうだ、午前中に赤っぽい液《えき》体《たい》を飲《の》んで帰っていったおじさんたちだ。

「オーイ、ケモノたち！　聞いてくれヤ、オレたちは、この仕《し》事《ごと》をもうやめるヨー」

「オラの村でも川の水はよごれて、からだが曲《ま》がった魚ばかりとれるんだ」

「オレんちの近くでは、ゴミ処《しょ》分《ぶん》場《じょう》の底《そこ》が破《やぶ》れて、井《い》戸《ど》水《みず》が飲《の》めなくなったよ。こんな仕《し》事《ごと》やってたら水の神《かみ》様《さま》のバチが当たっちまう」

「オソロシイ機《き》械《かい》があるからいけねえ」

おじさんたちは、そういうと、ショベルカーなどをのこして、歩いて帰っていってしまった。

えっ、こんなものもらってもこまるのに……。

キクノさんとフウジが上《じょう》手《ず》に機《き》械《かい》をうんてんして、森の中にかたづけた。

テッポウの音があいかわらずなりつづけている。タヌタはだいじょうぶだろうか、ヤマタロさんは、そして二匹《ひき》についていったイッサムは……。

森の奥《おく》の方から、フウジが帰ってきた。

ぼくはフウジにかけよった。

ぼくといっしょに、タヌタを助《たす》けにいってくれないか？

「それよりのォ、てきの後ろにまわって、テッポウうっとるやつをやっつけたらええんじゃろ」

フウジがいった。

えっ、そんなことできるの？

二匹《ひき》で向《むこ》う山《やま》のふもとに残《のこ》っている雑木林《ぞうきばやし》の中を川下にむかった。

今朝《けさ》、テンキチにはバカにされてしまったが、勇《ゆう》カンなテンになって戦《たたか》うぞ！

午後の日ざしが、落《お》ち葉《ば》の上に長細い木のかげをいくす

じもつくっていた。

フウジは、かげからかげへ、すばやく飛《と》びうつる。ぼくも前足で落《お》ち葉《ば》をけり、同時にあと足に力を入れ空中を移動《いどう》し、一瞬《いっしゅん》おくれてフウジの後につづく。

もし人間がぼくらを見ても、林をぬけていく風にしか見えないだろう。

川をわたると、そこは赤土と黒い岩の工事現場《こうじげんば》だ。

テッポウの音が聞こえるのは、たぶん赤岩谷《あかいわだに》のあたり。そこからもりモリ谷へ向《む》けてうっているにちがいない。

ふたりの男が岩の上でケモノたちをねらっているのが見えた。

ぼくたちは後ろからこっそり近づくと、同時に男たちのうでにかみついた。

フウジがかみついた男は「ギャア」とさけんでテッポウをはなした。ぼくも男にかみついたが、しっぽをつかんでふりまわされて目をまわしてしまった。

フウジが男からはなれ、ぼくをふりまわす男の足にかみついた。そのとき男が、一《いち》度《ど》落《お》としたテッポウをひろって、その台座《だいざ》で思いきりフウジの頭をなぐりつけた。

フウジは「クユン」と弱よわしい声でないてたおれた。

ぼくのためにフウジがやられた！

「ガォー！　ガォー！」と、うなり声が、のどの奥《おく》から出た。きばをむき、つめをとがらせた。ぼくをふりまわしていた男のはなをかじり取《と》り、耳につめを立てて、ひきやぶった。ぼくはケモノになりきっていた。

男は悲鳴《ひめい》をあげながら、ぼくを投《な》げとばした。ぼくは空中をおよいで、こんどはフウジをなぐりつけた男のせなかにしがみついた。

男はぼくをふり落《お》とそうとする。が、そうはさせない。男のせなかにつめを立て、肩《かた》にかみついた。男はおそろしい声をあげ、岩の上からころげおちていった。ぼくは、男のかたからフウジのそばにとびおりた。

もうひとりの男は、顔じゅう血《ち》だらけ、うでと足のかみ傷《きず》の痛《いた》さのためか、気絶《きぜつ》してしまった。

フウジ！

ぼくは、たおれているフウジにしがみついた。フウジはうっすらと目をあけ、ぼくを見た。

「やったじゃないか！」

意外《いがい》に元気な声が返《かえ》ってきた。

フウジはゆっくり立ちあがった。だが、ひと足歩こうとして、すわりこんでしまった。

だいじょうぶか？　フウジ！

「ちぃと、頭がクラクラするのう」

といいながら、ぼくの後ろの方を見ている。ふり向《む》くと、何人もの男たちが、棒《ぼう》やテッポウを持《も》ってのぼってくる。

どうしよう！　フウジをかついで逃《に》げられない。

男たちはすぐそこまで来ている。ぼくは「ガォー」とうなった。そのとき、

「キツネの少年はわたしにまかせろ、早くここを脱出《だっしゅつ》するんだ」

大きなキツネがフウジとテッポウをかかえて、すごい速《はや》さで谷をわたっていった。

——あっ、あのキツネだ！　きのう、カキノキ尾根《おね》でぼくを助《たす》けてくれたキツネだ。
キツネは「人間にもどることを忘《わす》れるな！」と谷のむこうからさけんだ。
ハッとした。
ぼくは人間なのに、人間にかみつき、傷《きず》をおわせ気絶《きぜつ》させたんだ。

3、タヌキ三だんがさね

残《のこ》された森に帰ると、しめった落《お》ち葉《ば》がぼくの肉球《にくきゅう》に気持《きも》ちいい。ぼくはもう、人間なんかにもどれないかもしれない。

森の中には、キツネやタヌキ、イタチなど、テッポウにうたれたケモノたちが横《よこ》たわっていて、ツグミやキツツキたちが、ケモノの体から、テッポウの玉をつまみ出している。

ママやママと友だちのアライグマのおばさんたちが、傷《きず》ついたケモノたちを看病《かんびょう》している。

ぼくは、テンキチにいわれたことをママに話そうと思った。

でもママは、ケモノたちの手当てをしながら、ぼくにこういったんだ。

「ヤマタロさんたら、出かけるとき『ケイタイなんか持《も》っていくな！』なんて、なぜいったんでしょうね」

そうだよ。ケイタイがあればパパに連絡《れんらく》できたのに。

ヤマタロさんは葉《は》っぱの手紙を読んで、森でおこることを予想《よそう》できたはずなのに、なぜなんの準備《じゅんび》もせずに来てしまったんだ？　しかもママが持《も》ってこようとしたケイタイ電話まで置《お》いてこさせるなんて。

「パパはずっと前から市長さんと話し合ってたのよ。ゴミを種類《しゅるい》ごとに集《あつ》めて利用《りよう》すれば、森にゴミの埋《う》め立《た》て地《ち》をつくらなくても解決《かいけつ》できるって……」

そんなこと、ちっともしらなかった。

「パパは、『ナラノキ森廃棄物処分場《はいきぶつしょぶんじょう》』予定地《よていち》の森が心配《しんぱい》で、何度《ど》もでかけていたの」

それって、ここ？　〈もりモリさまの森〉のこと？　じゃあ、パパに、テッポウをうつのだけでもやめさせてと、たのめないのかなぁ――と思っていたとき、森の入り口の方からヤマタロさんの声が聞こえてきた。

「だれかこの二匹《ひき》を助《たす》けてやってくれ！」

ヤマタロさんが、ケガ人をせおっている。ケガをしたのはタヌタとイッサムだ。

やっぱりテッポウの玉にあたったんだ！

「イテーイテー、死《し》んじゃうよ〜」

タヌタは大声で泣《な》いている。そのタヌタをイッサムがせおっている。

イッサムも体じゅうから何カ所《しょ》も血《ち》をながしている。むしろタヌタよりずっと重傷《じゅうしょう》みたい。だからイッサムをヤマタロさんがせおっているんだ。

ヤマタロさんも血《ち》だらけで、さっき見たときより、もっとひどいかっこうだ。

三だんにかさなったタヌキは、まるで枯《か》れて腐《くさ》った木みたい。

と思っていたら、それがそのまま、ゆっくりとたおれたんだ。

サキコさんとアメモリくんがとんできて、まず、タヌタをかかえてつれていった。

つぎに、カメオさんとキクノさんが、イッサムを、フジヅルでつくったタンカにのせて運《はこ》んでいった。

ヤマタロさんは倒木《とうぼく》になって落《お》ち葉《ば》のうえにころがっていた。

「じゃまじゃきに」と、ヤマタロさんのそばにいたぼくはつきとばされた。

ミワワさまだ。

ミワワさまは、ヤマタロさんの体におおいかぶさったと思うと、両手《りょうて》をひろげ「オウ～オウ～」とさけんだ。ヤマタロさんにむかってさけんでいるのだろうか、それとも森の神《かみ》さま〈もりモリさま〉をよんでいるのだろうか。

そのとき、森の中に、ひんやりとした空気がながれこんできた。

鳥たちが、いっせいにパタパタと飛《と》びたって、どこかへ行ってしまった。どうしたんだろう。

「タイヘンどす、タイヘンどす。カツラの巣穴《すあな》がもうあきまへんのや！」

ウサギたちだ。ミワワさまは、

「グーキチドンをすぐ〈ヒミツの泉《いずみ》〉へ！」とさけんでから、

「ワテはカツラの木へ行ってこんといかんきに」といって、森から出ていった。

また、カメオさんとキクノさんが、フジヅルでつくったタンカを持《も》ってとんできた。

ママとぼくも、タンカについて走った。


〈ヒミツの泉《いずみ》〉は、森の奥《おく》の、シイの木やシラカシがうっそうと茂《しげ》った所《ところ》にあった。きりたったがけの中ほどの白い岩から、水がふき出して小さな滝《たき》になっている。滝《たき》の下には小さな池があって、そのまわりに、ケモノたちが横《よこ》たわっていた。タヌタもイッサムもフウジもねかされていた。タヌコやタノッペが看病《かんびょう》している。ミズキちゃんもいた。

「ミズキちゃーん！」

ぼくは思わず大声をあげてしまった。やっとミズキちゃんと会えた。

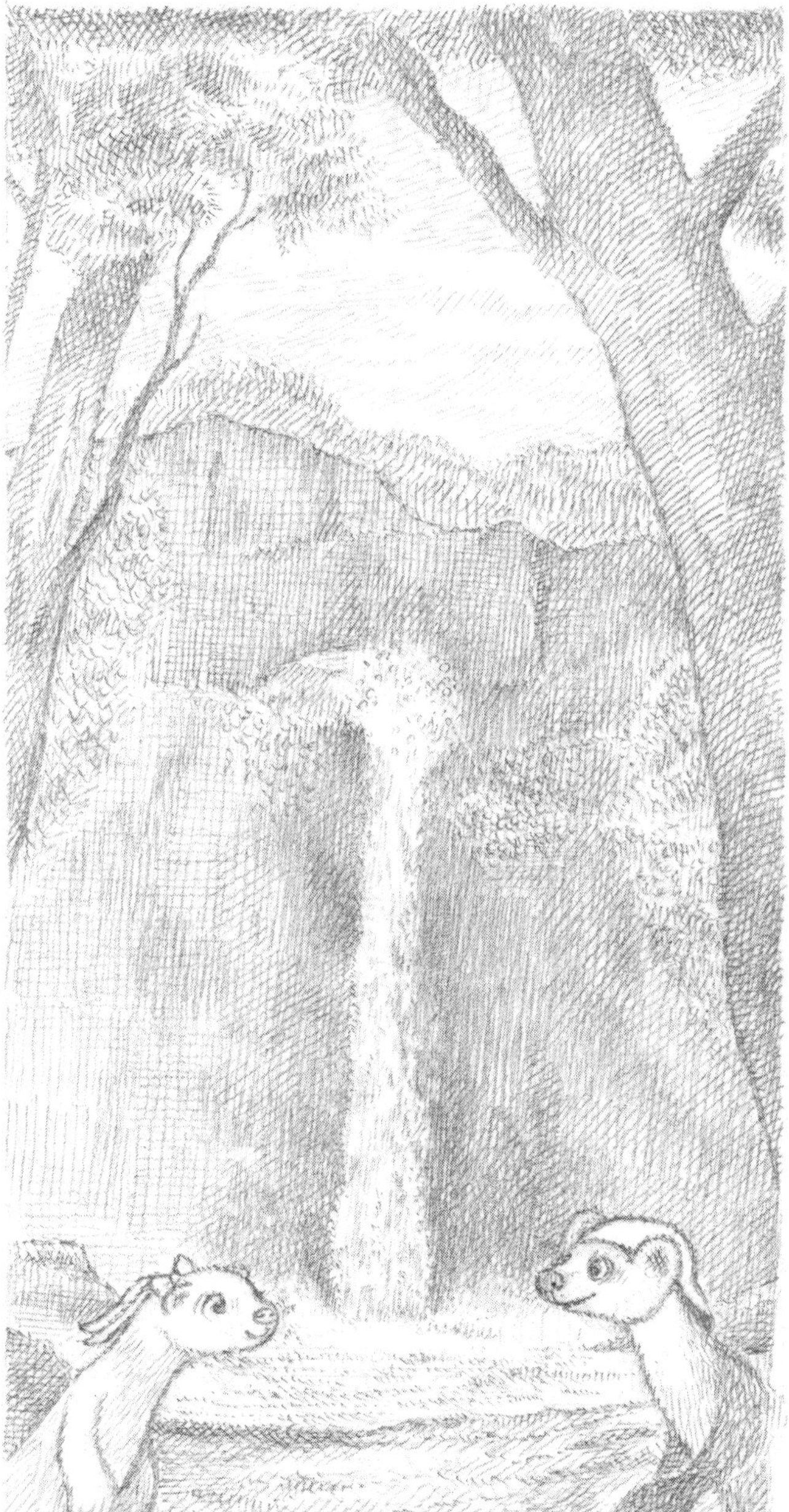

「フウジから聞いたわよ。リンくん、すごい！　テッポウを二丁《ちょう》も！」

ちょっとてれくさかった。

ぼくは、泉《いずみ》の水をくんで、ヤマタロさんにすこしずつのませた。

ヤマタロさんは、すこしだけ目をあけた。そして、うわごとのように、「……わしがいけなかった。イッサムの意見《いけん》もきかずに……」といって、また目をとじた。


「ウウグーン」

うなり声が聞こえたと思ったらイッサムだった。イッサムは体じゅうにテッポウにうたれた穴《あな》があいているのに、うなりながら立ちあがったのだ。

「グーキチドン！　あんたは言ったでねえか、ケモノには人間よりも強く願《ねが》う力があ

るって。あきらめちゃいかんでげす。みんなで願《ねが》うだぁよ。もりモリさまの森を守《まも》ろうって願《ねが》うでげす！」

力をふりしぼるようにいうと、バタリとたおれた。

ウーウンとうなっていたヤマタロさんも、イタイイタイとわめいていたタヌタも静《しず》かになった。

——もりモリさまの森をたすけて！——

ぼくも心をこめて願《ねが》った。

森じゅうの生きものたちが一心に願《ねが》っている。

8
章
もりモリさまとカツラの木

1、もりモリさま？

木にのぼるときは肉球《にくきゅう》とツメを木の幹《みき》にすいつけるようにして、すばやく四本の足で体をおしあげる。

木のぼりもうまくなったぼくは、カツラの巣穴《すあな》に行ったミワワさまが心配《しんぱい》でモミの木にのぼった。

「ワタシも」

ミズキちゃんものぼってきた。

とおくにカツラの木が見える。そのまわりでブルドーザーやショベルカーが動《うご》きまわっている。

二日前、キクノさんがおどっていた野菊《のぎく》の原っぱは、赤土の工事現場《こうじげんば》に変《か》わっていた。

カツラの木の根元《ねもと》で、男がひとり、さけんでいる。

テンになったぼくには、遠くても、くっきりと見える。あれは市長さんだ。ウルシにかぶれた赤い顔で、作業員《さぎょういん》たちにさしずしている。

カツラの木は太いロープがまきつけられ、三方から引っぱられている。カツラの木を切りたおすつもりだ！

カツラの木のてっぺん近くの太い枝《えだ》に、ミワワさまが前足をひろげてあと足だけで立っている。

市長さんはチェーンソーを持《も》ちあげた。

あぶない！　ミワワさま！

ボォォーンというぃやな音が森じゅうにひびいた。

「あっ、もりモリさま？・」

ミズキちゃんがぼくの耳もとでさけんだ。

ぼくはとなりにミズキちゃんがいることさえ忘《わす》れていた。

えっ？　なんなの？　ぼくはミズキちゃんがなにをいっているのかわからなかった。

ミズキちゃんは空を見あげていた。

バサバサという鳥の羽音《はおと》がした。

森をすっぽりつつんでしまうほど巨大《きょだい》なタカが、ゆっくりと赤土の地上におりてくるところだった。

もりモリさまはタカだったの？

ブルドーザーやショベルカーがあわててぶつかりあって、ひっくり返《かえ》ったりしている。人間が機械《きかい》をすてて、走って逃《に》げていく。

タカはおり立つと「ギョーエーィ」とおそろしい声で鳴いた。

その声はカツラの木をゆるがせた。

すると、木を引っぱっていた太いロープが、ちぎれ飛《と》んだ。

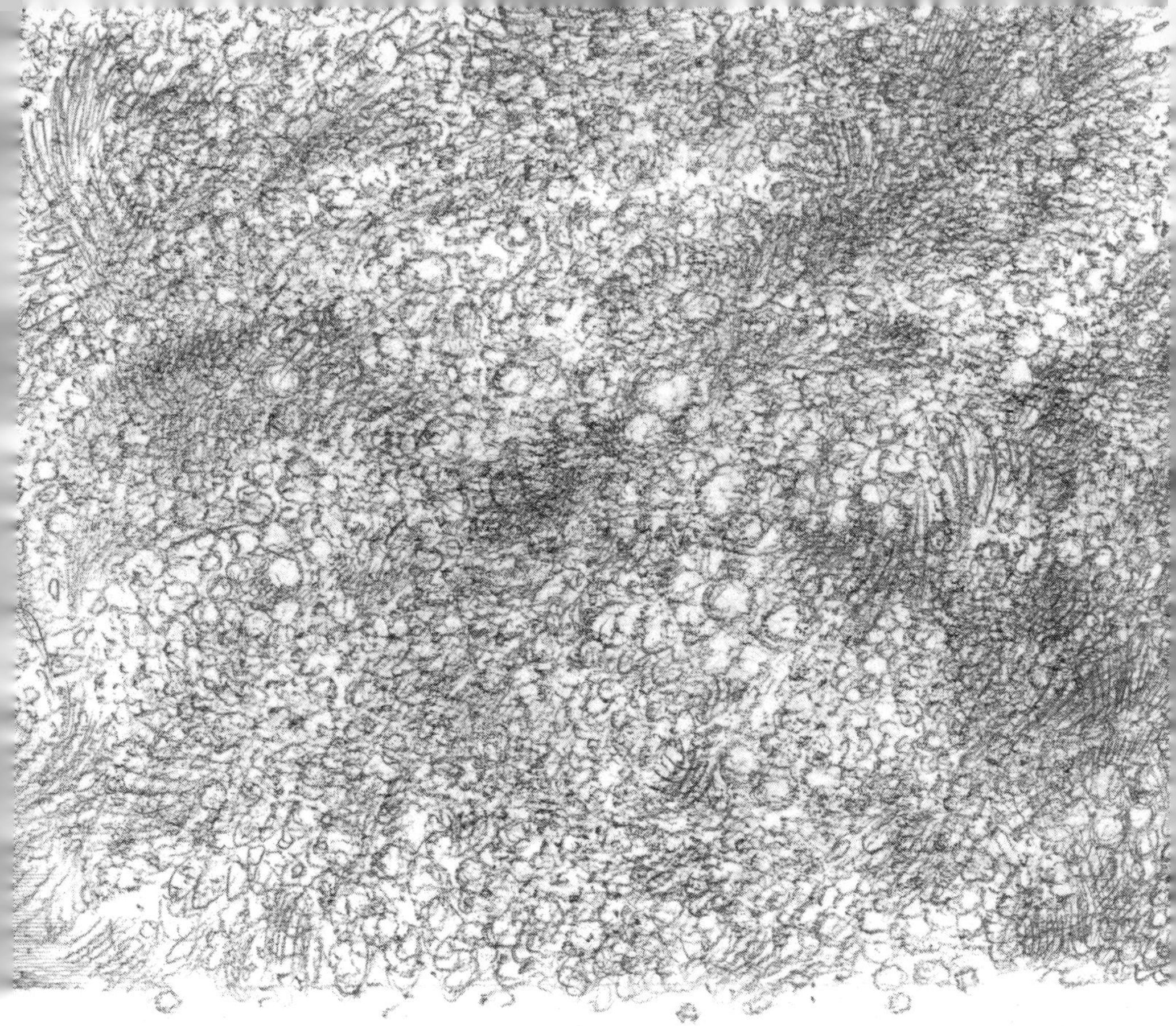

「ウワァー」

ぼくとミズキちゃんは大声をあげてしまった。

カツラの泉《いずみ》の水が大ばくはつしたんだ。水はまだら尾根《おね》よりも高くふき上がり、森じゅうに飛《と》びちった。

市長さんが、ひとり立ちつくしている。ミワワさまはどうなっただろう?

水しぶきで、ぼくたちもびしょびしょになった。そしてびしょびしょになったぼくたちは、野菊《のぎく》の原っぱにいたんだ。なん

でこうなるのかわからない。モミの木の上から見たときは、たしかに赤土の地べただったところに、今、白い野菊《のぎく》がさきみだれている。

バサ　バサ　バサ　バサ

さっきより大きな羽音《はおと》がした。タカはバラバラになり、何百何千羽もの小鳥たちとなって飛《と》びたってゆく。小鳥たちは空いっぱいにひろがって森がまっくらになった。

2、パレード

森に日の光がふたたびさしこんできた。

赤土の工事現場《こうじげんば》もはだかの山もなくなって、木がしげり、シダやコケや草におおわれた森がひろがっていた。

「これ夢《ゆめ》じゃない？」

ミズキちゃんがぼくの耳もとでいった。いつものすっとんきょうな大声を出してもいいくらいの大事件《だいじけん》なのに、なぜか小声でいったんだ。

夢《ゆめ》じゃないよ、だってテッポウをうっていた人間にふりまわされたシッポのつけねは今もジンジンいたいし……。夢《ゆめ》じゃない証拠《しょうこ》だよ。

しずまりかえった〈もりモリさまの森〉の中で一匹《ぴき》だけ、さわいでいるケモノがいる。

「イッサムが死《し》んじまっただよぉ」

タヌタの声だ。

タヌタはぼくらの前まで走ってきてバタリとたおれ、水たまりの中で前足とあと足をバシャバシャさせて泣《な》いた。

「なんでタヌキばっか死《し》んじまうんだよー」

タヌタは〈ヒミツの泉《いずみ》〉で元気になったのに、イッサムはダメだったんだ。

「オラのせいだよ！　オラのせいでカオナおばさんもチビタもイッサムも殺《ころ》されちゃっただよ！」

タヌタはあばれながら泣《な》いている。ずいぶん元気になったものだ。

ヤマタロさん、キクノさん、カメオさん、フウジが、フジヅルでつくったタンカにイッサムをねかせて、まだら尾根《おね》の方向《ほうこう》に運《はこ》んでいく。

ヤマタロさんもフウジも、泉《いずみ》の水で助《たす》かったんだ。

それにしてもケモノたちは、森が復活《ふっかつ》したという不思議《ふしぎ》な大《だい》事件《じけん》がおこったのに、気にしていないみたいだった。

タンカの上のイッサムはやすらかな表情《ひょうじょう》で「これで、ええだよ」といっているみたいだ。生きているときはいつも、あんなにむつかしそうな顔をしていたのに。

むこうのカツラの木の方から、パレードがやってきた。

ミワワさまを先頭に、サキコさん、アメモリくん、スカポン氏《し》、タヌタ、タノッペとタヌコ、ウサギやリスたちが、タンカにだれかをのせて運《はこ》んでいる。

その後ろに、ママやアナグマのおばさんたち、大勢《おおぜい》のケモノが歩いて

くる。だれをのせているんだろう？

ぼくはピョンととび上がってタンカをのぞいた。

なんと、タンカにのっているのは市長さんだった。

カツラの木を切ろうとしたから、もりモリさまの怒《いか》りにふれたのだろうか。

でも、市長さんは生きているみたい。タンカの上で目をつぶって横《よこ》になったまま、手をいそがしくうごかしている。

きっと、ウルシにカブレた顔がかゆいんだ。

「市長さまは、カツラの木のそばで、たおれておられたんだがや」

スカポン氏《し》が教えてくれた。

市長さんをどこへつれていくんだろうか。

いつのまにか、ヤマタロさん、キクノさん、カメオさん、フウジが行列《ぎょうれつ》に加《くわ》わっている。ぼくもミズキちゃんといっ

しょについていった。

行列《ぎょうれつ》は坂《さか》を下り、カツラ沢《さわ》がもりモリ川に流《なが》れこんでいるところまで進《すす》んでいった。

そこは、ケモノたちが「イワナふち」とよんでいるところだ。深《ふか》く水をたたえてどこまでも青くすみきっている。

「ここにほうりこんでしまうだぁよ！」

タヌタがさけぶと、「そうすべぇ、そうすべぇ」とタノッペとタヌコがよろこんだ。

ウサギもリスも大勢《おおぜい》のケモノたちが「ヤッテシマエ！　なげこんでシマエ」と口ぐちにさわぎたてた。

そのとき、ミワワさまがびっくりするほど大きな声でいった。

「なにをいうぜよ！　いのちをあやめて、なにがのこるぜよ！　人間のまねをしたらいかんぜよ」

ケモノたちは、しゅんとなった。

3、機械《きかい》の墓場《はかば》

もりモリ川にそって、さらに下っていくと、枯《か》れ草《くさ》だらけのさびしい場所《ばしょ》に出た。

「アー、シンド」

アメモリくんが大声を出したら、みんなもその場にすわりこんでしまった。

まわりを見まわして、ぼくはぞっとした。

ナンダコレは！

きたならしく枯《か》れたしげみの奥《おく》の方にブルドーザーやパワーショベルなどが何十台も積《つ》み上《あ》げられていた。ひしゃげて、みんなさびついている。

近よってみると、枯《か》れたつる草が何重《じゅう》にもからみついて、もう何年もたっているみたいだった。

ここはまるで墓場《はかば》だ。機械《きかい》の墓場《はかば》。

赤土の地べたが森にかえったときに、機械《きかい》はここまで運《はこ》ばれてきたのだろうか。それから何年もほうっておかれたみたいに見える。

カツラの泉《いずみ》の水は時間をあやつる力を持《も》っているのだろうか……。

クレーン車のてっぺんに、すっかりさびついてねじれたテッポウが二丁《ちょう》、ひっかかっている。

「ア～～」

市長さんがタンカの上で、あくびをした。

するととつぜん、ふとったケモノが一匹《ぴき》、市長さんのひざの上にとびのった。

ママだ！　ドロドロによごれたアナグマのママが市長さんにのっかってしまった。

そして「市長！　ちょっとおたずねしてもいいですか」と人間のことばで話したんだ。

市長さんはおどろいてママをはらいのけ、タンカの上に立ちあがった。

ママはひるまなかった。ぴょんととび上がって市長さんの胸《むね》にしがみついた。市長さんは、ママの体重《たいじゅう》といきおいにおされて、またタンカの上にたおれ、ママはそのまま市長さんのおなかの上にすわってしまった。

「市長！　おたずねしますが、なぜこんなに美《うつく》しい森をゴミ捨《す》て場《ば》なんかにするんですか？　ゴミを燃《も》した灰《はい》をここに埋《う》めたら、泉《いずみ》の水がよごれて、森の生きものだけでなく、水道の水を飲《の》んでいる人間だって病気《びょうき》になってしまうじゃないの！」

市長さんは、ママを両手《りょうて》で持《も》ちあげて土の上におろすと立ちあがった。そして市民《しみん》や新聞やテレビのひとに話すときのようにおじぎをした。

「エー、それでは、ご質問《しつもん》にお答えいたします。ワタシドモといたしましては、この森を有害化学物質《ゆうがいかがくぶっしつ》が多量《たりょう》にふくまれている焼却灰《しょうきゃくばい》、スナワチ、ゴミを燃《も》やした毒《どく》の灰《はい》で埋《う》めてしまうことをやめにいたします」

ああ、まただ。ぼくらの学校で話したときと同じ、感《かん》じの

いいことをいっているんだ。
「たしかに、ここに廃棄物処分場《はいきぶつしょぶんじょう》、スナワチ、ゴミの埋《う》めたて地を建設《けんせつ》いたしますと、
ワタシドモのゴミ問題《もんだい》はカンタンに解決《かいけつ》します」
と力をこめたあと、うたうように、
「しかし、ワタシは、見たのであります。この森に湧《わ》く美《うつく》しい泉《いずみ》の水のはたらきを！
この水をゴミから出る毒《どく》でよごしてはなりません！」
そのとおりだ！

こんどはうそじゃないかもしれない。この森でおこったことが、市長さんの考えを変《か》えたのだ。

「この水は、力を持《も》っております。シタガッテ、この水は健康《けんこう》にも大変《たいへん》よろしかろうと考えるのであります。ワタシドモといたしましては、ペットボトルにつめて、全国《ぜんこく》的《てき》に売り出すことにいたします。

なお、ゴミ埋《う》めたて地につきましては、お金さえ出せば、ほかの森になんぼでも作れるのであります」

ケモノたちは「こんどはカツラの泉《いずみ》をどうかするつもりらしい」「どこかの森でもヒドイことをするんじゃな」「ヤレヤレ人間なんかにつきあっちゃいられないよ」と小声でつぶやきあって、森の方へ帰りはじめた。タヌキはタヌキどうし、テンはテンどうし、キツネはキツネ、イタチはイタチのなかま、というふうに連《つ》れだって。

市長さんは、聴衆《ちょうしゅう》がほとんどいなくなって、がっかりしたみたい。

ズボンのポケットからケイタイ電話をとり出し、何度《なんど》もボタンを押《お》していたが、電《でん》波《ぱ》が通じないらしい。どんどんふきげんになっていった。

いきなり電話機《でんわき》を川岸《かわぎし》の岩に投《な》げつけた。ケイタイはコテンとまぬけな音をたてて、流《なが》れの中にしずんだ。

ちょうどそのとき、川下からジープがやってきた。すごいスピードで、砂《すな》けむりを上げながら走ってきて急《きゅう》ブレーキをかけて止まった。

車には三人の男が乗《の》っていた。カメオさんにおしりをかみつかれた男たちだ。

「市長！　どこにいたんですか？」

「バカヤロウ！　オレひとりで大変《たいへん》な目にあってたんだぞ！　ケイタイがぜんぜん通じないし！」

市長さんの声が急《きゅう》に泣《な》き声《ごえ》になった。そして、さっきまでの落《お》ちついた態度《たいど》とはまったく変《か》わって、

「はやくたすけてくれぇ！　こいつらに殺《ころ》されそうなんだぁ！　わあおん」

と、本当に泣《な》きだしてしまった。

すると、男のひとりが自動車《じどうしゃ》の中からテッポウを持《も》ちだし、ぼくたちの方に向《む》けた。

ヤマタロさんが男の前にとびだしていった。

「うつならうってみろ、わしは桂山太郎《かつらやまたろう》という人間だ！」

男たちはたまげた。

「気味《きみ》わるいぞ！　へんなケモノがまじってるんだぁ！　かまうことはない、みんな殺《ころ》してくれ！」

市長さんが、まっかな顔でさけんだ。

フウジが、テッポウを持《も》った男にとびかかった。

テッポウが暴発《ぼうはつ》し、玉が市長さんの足もとの地面《じめん》ではじけた。

「オレを殺《ころ》す気かあ！　おまえたちはクビ！　クビだぁ」

市長さんは、顔じゅうなみだとハナ水でぐちょぐちょにしている。

カメオさんがテッポウをはなさない男のおしりにかみついてぶらさがった。男は二度《ど》目のさいなんにあって、「ウギャラッテガヂロンデクダルサーイ」とさけぶと、テッポウをほうりだし、走りだした。あとのふたりも、ジープと市長さんをおきざりにして逃《に》げていく……。

「くさいくさい！　人間の肉はイタチのオナラよりくさい！　ああくさい！」

カメオさんは市長さんのズボンをかんで引っぱっている。

市長さんは、こんどは青い顔になって、おとなしくカメオさんに引かれて歩く。

キクノさんとアメモリくんが、ジープの運転席《うんてんせき》と助手席《じょしゅせき》に乗《の》りこんだ。後ろのシートには、市長さんをまん中にヤマタロさんとカメオさんがなかよく肩《かた》をくんですわった。

「ポンコとポコタをむかえにいってきまぁす」

アメモリくんとキクノさんが声をそろえていった。ヤマタロさんとカメオさんが、それぞれあいているほうの前足をふった。

4、ポンコとポコタをとりもどせ！

ミワワさまとスカポン氏《し》と、のこったぼくらはカツラの木の巣穴《すあな》にむかった。もうすっかり日がしずんで、長い長い一日が終《お》わろうとしている。

泉《いずみ》にたどりつくと、夕もやの中、カツラの木が美《うつく》しいすがたで立っていた。みんなでならんで、ゆっくり泉《いずみ》の水を飲《の》んだ。ぼくもミズキちゃんとならんで水を飲《の》んだ。ゆれる水面《すいめん》に、この森にきてからいっしょにすごしたお月さまがうつっている。

すっかり暗《くら》くなってから、クマザサのヤブが、がさがさがさがさと音をたてて、カメオさんが帰ってきた。ポンコとポコタをだいている。

カメオさんは、ポタポタなみだを落《お》としている。

サキコさんがポンコとポコタをだきとった。二匹《ひき》は、サキコさんの顔をむじゃきになめている。

こんどは、ヤブがバサバサとはげしくゆれて、キクノさんとアメモリくんがとびだしてきた。

「たいへんじゃぁ！　グーキチドンが殺《や》られたケン！」

泉《いずみ》のまわりの空気がいっしゅんかたまった。

ヤマタロさんが!?

「カオナとワタクシたちのためにグーキチドンは死《し》んじゃっただよ」

カメオさんが大声で泣《な》きながらいった。

うそだ!!

ミワワさまが「くわしゅう説明《せつめい》しとうせ」といった。

キクノさんが、話しはじめた。

「市長は自分の家に着《つ》いたら、ゴルフのクラブを持《も》ちだして、グーキチドンをメチャメチャなぐったケン。ワタシとアメモリくんは市長にとびかかっておしりに思いきり

かみついたケンね。ジャケンド、家の中から大勢《おおぜい》人間が出てきてなぐりかかってきたケン。ワタシも必死《ひっし》で戦《たたか》ったんよ、キツネがいっしょうけんめいになるとキツネ火《び》がもえるケンね、消防車《しょうぼうしゃ》もきたケン」

アメモリくんがいった。

「カメオさんがな、ポンコとポコタを地下室からたすけ出したんや。そのときな、家の土台石も持《も》ちあげてしもて市長はんの家をひっくりかえしてしもた。警官《けいかん》が何百人も来はったし、ワテらは、なんもでけへんかったや。気がついたらグーキチドンはうごかんようになってもうて……」

シイの木の広場にはケモノたちが集《あつ》まってきていた。人間のように電話やパソコンを使《つか》わなくても、ケモノだけに通じる電波《でんぱ》のようなものでよびよせるんだ。

ケモノたちは、しずかにヤマタロさんの死《し》を悲《かな》しんでくれているようだった。テンキチもいるのが見えた。

そのとき、キケンを知らせる電波《でんぱ》が伝《つた》わってきた。

——人間接近《せっきん》——

それは口のまわりや、目の上にあるひげのアンテナから伝《つた》わってくる。

人間たちが、またせめてきたのかもしれない。ケモノたちは森の中へ逃《に》げていく。

ママも、アナグマおばさんといっしょに森の中へむかおうとした。

でも、キクノさんがママのところへ走ってきて「逃《に》げんでええんよ！　コンペイちゃんじゃケン！」と教えた。コンペイちゃん？

ママは、キクノさんといっしょに土手をのぼって、カツラの木の前に行った。

そこには、ぼくのパパが重《おも》そうなふくろをかついで、サンタクロースのようなかっこうで立っていた。

パパはこの森では「コンペイちゃん」なんだな。

「パパ！　たいへん！　ヤマタロさんが死《し》んじゃった！」

ぼくは夢中《むちゅう》で人間のすがたのパパに、犬のムックがするように飛《と》びついた。

パパはぼくをだいたまま、アナグマすがたのママに近づいて、ママの頭をさすった。

そして、イタチのミズキちゃんにも、「三人は、ぶじだったんだね」と力のない声で話しかけた。ぼくの頭にパパのなみだがポトリと落《お》ちた。

5、さようなら、もりモリさまの森

パパはぼくを土の上にトンとおろした。そして、しょってきた大きなふくろからタヌキの死体《したい》を出して落《お》ち葉《ば》の上にていねいにねかせた。ヤマタロさんだ。

ミワワさまがヤマタロさんをだきかかえるとカツラの泉《いずみ》の方へおりていった。

ヤマタロさんを泉《いずみ》のふちにおろし、泉《いずみ》の水でていねいにあらう。ところどころ毛皮《けがわ》がさけて赤い肉が見えている。

カツラの泉《いずみ》の水で、ヤマタロさんの体が、すこしだけきれいになって、毛なみもよくなったように見える。

「これ、ヒミツの泉《いずみ》の水ですもん！　グーキチドンに飲《の》ませせんとね」

テンキチの声だった。朝ぎりの中に、テンキチが竹のつつをくわえて立っていた。

「オオキニ！　だれぞに、くみにいってもらおと思いよったところぞね」

ミワワさまはうれしそうに竹のつつを受《う》けとった。

ぼくは思った。

ヤマタロさんは生《い》き返《かえ》るかもしれない！

タヌタが「タヌキばっか死《し》にやがって！」とさけぶ前に生《い》き返《かえ》って！

しかしミワワさまの表情《ひょうじょう》がどんどんきびしくなっていく。

「コンペイ！　ぼうっとしよったらいかんぜよ！

こっちへ来てグーキチドンをさすっちゃりや」

ミワワさまが、しかるようにパパをよんだ。

「ハイ！」と答えたパパは、いつのまにかキツネになっていた。ぼくを助《たす》けてくれたあのキツネだ！

いったいどうなってるの？　ヤマタロさんはタヌキのまま死《し》んじゃうし、ママはアナグマ、ぼくはテン、パパがキツネなの？　パパ説明《せつめい》してよ？　と、たずねたかった。でも、今そんなことを研究《けんきゅう》している場合ではない。

「やっぱりいかんねえ」

ミワワさまが肩《かた》を落《お》としていった。ぼくの全身《ぜんしん》から力がぬけていくのがわかった。

「イッサムと同じことじゃ！　あんまりにもきつうやられちょったきにのう」

シイの木の根元《ねもと》の方で太い声がした。

「タヌキばっか死《し》ぬんですけぇ」

カメオさんだ。その声は、シイの木の枝《えだ》を引きさくような、かなしい声だった。


みんなでヤマタロさんを、まだら尾根《おね》の方へ運《はこ》んでいくのだ。まだら尾根《おね》のふもとあたり、まだら沢《さわ》ともりモリ沢《さわ》の間に、タヌキのお墓《はか》があるらしい。そこにカオナおばさんもイッサムもチビタもほうむられている。

ぼくたちはヤマタロさんをせなかにのせて歩きはじめた。ぼくのせなかにもヤマタロさんの重《おも》さがつたわってきた。

「ちょっと、まちよってやぁ」

ミワワさまが、いきなり野菊《のぎく》の花の上にヤマタロさんをおろすようにいった。

花の上に横《よこ》たわったヤマタロさんの上に、ミワワさまがおおいかぶさって「オオォオ～～」気持《きも》ちのわるい声を出した。

そして、ヤマタロさんの体のほうぼうを押《お》してみたりさすってみたり、ときにはかみついたりした。そして、こまったような顔で、なんだかモソモソいった。

「グーキチドンは死《し》んじゅうにかぁらんけんど、生きちゅうにもかぁらん。グーキチドンが死《し》んじょったらヤマタロさんが生きちゅうし、ヤマタロさんが死《し》んじょったらグーキチドンが生きちゆうがぞね」と、わけのわからないことをいいだした。

どういうことなの！　ねえ、わかるようにいって！

「ああ、そうなんですか」と、パパがうれしそうな、でもちょっとこまったような顔でいって、ミワワさまのかわりにぼくたちに説明《せつめい》してくれた。

「ヤマタロさんは生きているらしい。でも、ヤマタロさんを生《い》き返《かえ》らせようとしたらグーキチドンが死《し》んでしまうらしい」

そうだったのか！　ということは、ヤマタロさんはグーキチドンとしてこの森に来られなくなるんだ。それは、ヤマタロさんにとっては、さびしいことだろうな……。

ぼくは「ほっ」としたけれど、ヤマタロさんの気持《きも》ちを思うと、つらくなった。

「テンキチ、もう一度《いちど》ヒミツの泉《いずみ》へ行ってきてや！」

ミワワさまが大声でいった。

「明るうなるき、はようしいや、はようしいや！」

テンキチは、すぐにもどってきた。

竹のつつを受《う》けとり、ミワワさまがもう一度《いちど》ヤマタロさんの口に流《なが》しこむ。

すると、ヤマタロさんは「ゲボッ、ゲボッ」と大きな音をたてせきこみ、目を開《ひら》いた。

それから、心配《しんぱい》してのぞきこんでいるぼくらの方をしばらく見ていたけれど、「ホリャッ」と、へんてこな声を出した。そして右前足を頭にのせ、左前足はあごの下につけて、おどけたかっこうをした。

なにやってんの、ヤマタロさん！

死《し》んでたんだよ、みんな泣《な》いてたんだよ。

でもヤマタロさんは、てれかくしにみんなのまわりをおどりながらまわっていた。

パパがヤマタロさんをしかるようにった。

「父さん、帰るよ。リンタローたちは学校だし、ぼくも役所《やくしょ》でまた、市長とやりあわなきゃ」

ぼくたちは、スカポン氏《し》からクルミのカラに入った飲《の》みものをもらって飲《の》んだ。

そして三日前に服《ふく》をおいた場所《ばしょ》へいそいだ。

不思議《ふしぎ》なことに、くつもくつ下もパンツもズボンもさっきぬいだみたいにひとまとめに置《お》いてあった。ぼくたちはすっかり人間にもどって大いそぎで服《ふく》を身《み》につけた。

そして、ふり向《む》くと、そこにはまだタヌキのままのヤマタロさんがいた。

えっ！　ヤマタロさん！　人間にもどれないの？

するとヤマタロさん、いやグーキチドンは、

「ワシはこの森にのこることにする」

ぼくたちは、あっけにとられて、タヌキのヤマタロさんを見つめた。

「森太郎《しんたろう》、林太郎《りんたろう》、マユミさん、それにミズキくん、わしは、人間よりタヌキのほう

がたのしいんじゃ」

ヤマタロさんは、ゆっくりとしっぽをふった。

「みんな、しあわせにくらせよ」

そういってから、タヌキのグーキチドンは、ミワワさまといっしょにカツラの木の巣《す》の奥《おく》に入っていってしまった。

パパもママもミズキちゃんも、だまって見送《みおく》っている。

ぼくは、やっとのことで「ヤマタロさん！」とよんだ。

しかし、暗《くら》い巣《す》の中からは、ヤマタロさんの声はかえってこなかった。

キクノさん、サキコさん、テンキチ、フウジ、カメオさん、タヌタ、タヌコ、タノッペ、ポンコとポコタ、アメモリくんとスカポン氏《し》が、ぼくらを見送《みおく》ってくれた。

ぼくはふと思いだしてリュックからデジカメを取《と》り出《だ》し、みんなの方にカメラを向《む》け、シャッターをおした。でも、なにも写《うつ》っていなかった。あわてて目をあげると、立派《りっぱ》なカツラの木がそびえ立っているのだった。

森から帰って三日後、窓《まど》から「葉《は》っぱの手紙」が舞《ま》いこんできた。
葉《は》っぱには小さなあながいっぱい。でも、ぼくはもう、その文字《もじ》が読めなかった。

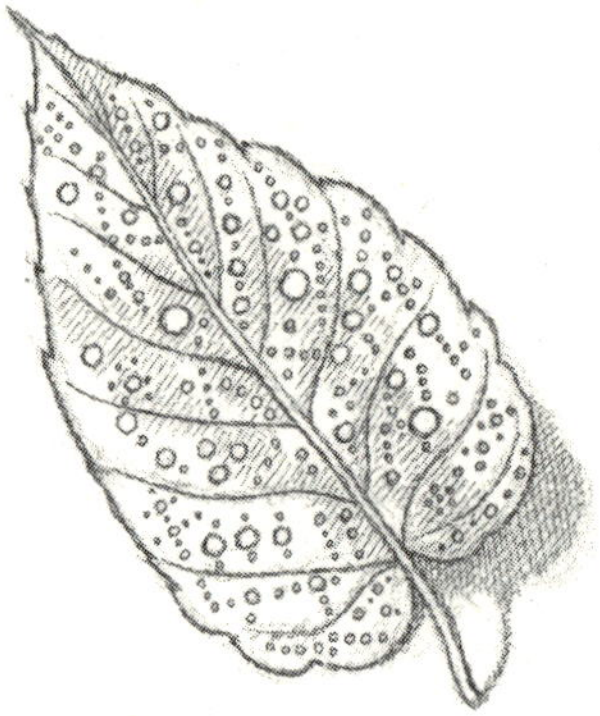

あとがき

この物語を、廃棄物処分場《はいきぶつしょぶんじょう》が造《つく》られようとしている山里に住む人々と生きものたちに贈《おく》ります。

物があふれる社会、たくさん買って、あまったらバンバン捨《す》てる。その結果《けっか》、人間は一番大切なものをなくしてしまった。ぼくたちは「燃《も》やして埋《う》める」やり方に反対して、日《ひ》の出《で》の森《もり》で闘《たたか》って来た。処分場《しょぶんじょう》が造《つく》られた後も、処分場《しょぶんじょう》の周《まわ》りの環境調査《かんきょうちょうさ》を続《つづ》け、汚染《おせん》の実態《じったい》を全国に訴《うった》えている。

森を守る仲間《なかま》の中に、もうこの世にいない人たちがいる。彼らはこの物語に登場し活躍《かつやく》してくれた。「たとえ裁判《さいばん》に負けても、後の世の人々が判《はん》断《だん》してくれる」と皆《みな》を励《はげ》まし続けた会の代表・三《み》輪《わ》啓《あきら》（ミワワさま）、日の出の森に「緑の森の一角獣座《いっかくじゅうざ》」を創《つく》った国際的彫刻家《こくさいてきちょうこくか》・若《わか》林奮《ばやしいさむ》（イッサム）、「日の出の森からの新聞」作りを手伝ってくれた「イラストレーション」誌編集者《しへんしゅうしゃ》・金井喜久乃《かないきくの》（キクノさん）、元偕成《かいせい》社編集者《しゃへんしゅうしゃ》・田嶋《たしま》さき子（サキコさん）、それから、アメモリくん、カメオさん……

ぼくたちに対抗《たいこう》して、処分場《しょぶんじょう》を造《つく》る側《がわ》も新聞を出した。そこに絵を描《か》いていたさとうなおゆきさんは、その誤《あやま》りに気づくとぼくたちの新聞に協力《きょうりょく》をしてくれた。そして二十年が経《た》ち、ぼくの初《はじ》めての童話にすばらしい絵を添《そ》えてくれた。

二〇一六年六月　田島征三

田島 征三
（たしま・せいぞう）

1940年大阪生まれ。幼少期を高知県で過ごす。1969年BIB（世界絵本原画展）金のりんご賞を受賞。東京都西多摩郡日の出村（現日の出町）に移り、自然に向きあう生活をしながら創作を続ける。1998年伊豆半島に移住。2009年、新潟県十日町の廃校を丸ごと絵本にした「空間絵本」を制作、「絵本と木の実の美術館」となった。絵本に『猫は生きている』『ふきまんぶく』『しばてん』『やぎのしずか』『とベバッタ』『やまからにげてきた・ゴミをぽいぽい』など。

さとう なおゆき
（佐藤 直行）

1942年東京生まれ。桑沢デザイン研究所卒業後ライトパブリシティを経て独立し、イラストレーターとデザイナーとして活動する。1977年ライプチヒ国際ブックデザイン展グランプリ。絵本に『いのちのつながり』『ちいさなかぜがふいてゆく』『やさいのちいさなようせいたち』など多数。「新しい帽子」同人。

もりモリさまの森

2016年7月初版
2017年9月第3刷発行

作者　田島征三
画家　さとうなおゆき
発行者　内田克幸
編集　岸井美恵子
発行所　株式会社理論社
〒103-0001　東京都中央区日本橋小伝馬町9-10
電話　営業03-6264-8890　編集03-6264-8891
URL　http://www.rironsha.com

デザイン　成瀬 慧
組版　アジュール
印刷・製本　中央精版印刷

ISBN978-4-652-20158-9　NDC913　A5判　23cm　175p

ならの木峠
カツラの木
泉
カツラ尾根
カツラ谷
シイの木
柿の木尾根
柿の木
柿の木沢
カツラ沢
ならの木尾根
ならの木沢
イワナ渕
もりモリ川
林道
山